创造最有价值的阅读

"阅读力"指导专家委员会

顾　问：朱永新

主　任：曹文轩

成　员：(以姓氏笔画为序)

王土荣	方卫平	朱芒芒	刘克强	杜德林
何立新	张伟忠	张祖庆	周其星	周益民
胡　勤	顾之川	倪文尖	黄华伟	梅子涵
章新其	蒋红森	滕春友		

丛书主编：曹文轩

本书编写人员：郑小花

丛书统筹：王晓乐

丛书统筹助理：罗敏波

名著阅读力养成丛书

冯骥才散文精选

◆ 冯骥才 著

浙江文艺出版社

图书在版编目(CIP)数据

冯骥才散文精选 / 冯骥才著. —杭州:浙江文艺出版社,2021.2
(名著阅读力养成丛书)
ISBN 978-7-5339-6407-8

Ⅰ.①冯⋯　Ⅱ.①冯⋯　Ⅲ.①散文集—中国—当代　Ⅳ.①I267

中国版本图书馆CIP数据核字(2021)第021411号

责任编辑　柳明晔　邓东山
责任校对　唐　娇　牟杨茜
责任印制　张丽敏
装帧设计　吕翡翠
封面绘画　冯骥才
营销编辑　张恩慧

冯骥才散文精选

冯骥才　著

出版发行	浙江文艺出版社
地　　址	杭州市体育场路347号
邮　　编	310006
电　　话	0571-85176953(总编办)
	0571-85152727(市场部)
制　　版	杭州天一图文制作有限公司
印　　刷	杭州富春印务有限公司
开　　本	710毫米×1000毫米　1/16
字　　数	157千字
印　　张	13
插　　页	2
版　　次	2021年2月第1版
印　　次	2021年2月第1次印刷
书　　号	ISBN 978-7-5339-6407-8
定　　价	33.00元

版权所有　侵权必究
(如有印装质量问题,影响阅读,请与市场部联系调换)

出版说明

阅读不仅关乎个人的素养和语文教育的水平，也关乎整个社会的风尚和文明的品质。从2016年9月起，全国中小学陆续启用了教育部统编语文教材。统编教材特别重视阅读，加强了阅读设计，鼓励学生通过大量阅读来提升语文素养，提高阅读能力和阅读水平。语文学习要建立在广泛的课外阅读的基础上，已经成为越来越多的人的共识。

我社以文学立社，出名著，出精品，几十年来在古典文学、现当代文学、外国文学、儿童文学等领域积累了大量的资源和优秀的版本。从2003年起就陆续推出"语文新课标必读丛书"，为中小学生的名著阅读助力，深受欢迎。随着统编语文教材的使用，我社面向师生做了大量的教材使用调研，多次邀请并集聚读书界、语文教育界、文学界、出版界等领域的专家把脉会诊，群策群力，为中小学生和老师们精心策划、精心编辑，推出了这套"名著阅读力养成丛书"。

这套丛书收录中小学语文课程标准和统编语文教材推荐阅读书目，不仅收录小学"快乐读书吧"和初中"名著导读"中推荐阅读书目，而且配合"1+X"群文阅读设计，收录课文后要求阅读的作家作品，共计百余种，基本满足中小学生的阅读需要。

该丛书由曹文轩先生担纲主编，延请一线教学名师，对入选的每一部作品编写有针对性的阅读指导方案，介绍作家作品和创作特色，提出合理的阅读建议，引导学生进行专题探究，有意识地拓展学生的阅读视野，有选择性地提供阅读检测与评估办法。这样，有步骤地引领学生完成整本书阅读，了解文学、科普等不同类别作品的阅读方法,了解小说、散文、诗歌、戏剧等不同文体的特征,切实有效地提高学生的阅读水平和阅读能力,同时也给老师的教学实践提供一种参照与借鉴。可以说,这套书不仅强调要读什么,更强调应该怎么读。

该丛书在版本选用上精益求精,精挑细选经典权威版本,囊括一批资深翻译家的经典译本,如傅雷译《名人传》《欧也妮·葛朗台》、力冈译《猎人笔记》、卞之琳译《哈姆雷特》等。对于名家选本,追求代表性,或由该领域权威研究者编选,或由作家自己编选。由于"五四"白话文运动的发轫与推进,中国现代文学作品在语体上有着鲜明的用语特色,我们在编校中参阅相关文献对少量字词和标点做了适当的修改,尽可能地保留作品的原貌。

该丛书在设计上充分考虑阅读的舒适感和青少年的用眼卫生,尽可能地采用大号字体、米黄纸张,做到版面疏密有致、图书轻重得宜等。所有这些,旨在推出一套真正面向学生、服务学生的青少年版丛书。

培根说:"读书足以怡情,足以傅彩,足以长才。"经典名著的影响力是不可估量的,一本好书能够让一个人终身受益。让我们种下阅读的种子,学会阅读,爱上阅读,在阅读中唤起灵性和兴味;让我们在多姿多彩的阅读的花园里,去领略丰美而自由的天地!

浙江文艺出版社

总　序

曹文轩

"新课标"以及根据"新课标"编定的国家统一中小学语文教材，有一个重要的理念：语文学习必须建立在广泛的课外阅读基础之上。

语文学科与其他学科的重要区别是：其他一些学科的学习有可能在课堂上就得以完成，而对于语文学科来说，课堂学习只不过是其中的一部分，甚至不是最重要的一部分；语文学习的完成须有广泛而有深度的课外阅读做保证——如果没有这一保证，语文学习就不可能实现既定目标。我在有关语文教育和语文教学的各种场合，曾不止一次地说过：课堂并非是语文教学的唯一所在，语文课堂的空间并非只是教室；语文课本是一座山头，若要攻克这座山头，就必须调集其他山头的力量。而这里所说的其他山头，就是指广泛的课外阅读。一本一本书就是一座一座山头，这些山头屯兵百万，只有调集这些力量，语文课本这座山头才可被攻克。一旦涉及语文，语文老师眼前的情景永远应当是：一本语文课本，是由若干其他书重重包围着的。一个语文老师倘若只是看到一本语文教材，以为这本语文教材就是语文教学的全部，那么，要让学生从真正意义上学好语文，几乎是没有希望的。有些很有经验的语文老师往往采取一种看似有点极端的做法，用很短的时间一气完成一本语文教材的教学，而将其余时间交给学生，全部用于课外阅读，大概也就是基于这一理念。

　　关于这一点，经过这些年的教学实践，加之深入的理性论证，语文界已经基本形成共识。现在的问题是：这所谓的课外阅读，究竟阅读什么样的书？又怎样进行阅读？在形成"语文学习必须建立在广泛的课外阅读基础之上"这一共识之后，摆在语文教育专家、语文教师和学生面前的却是这样一个让人感到十分困惑的问题。

　　有关部门，只能确定基本的阅读方向，大致划定一个阅读框架，对阅读何种作品给出一个关于品质的界定，却是无法细化，开出一份地道的足可以供一个学生大量阅读的大书单来的。若要拿出这样一份大书单，使学生有足够的选择空间，既可以让他们阅读到最值得阅读的作品，又可避免因阅读的高度雷同化而导致知识和思维高度雷同化现象的发生，则需要动用读书界、语文教育界、文学界、出版界等领域和行业的联合力量。一向有着清晰领先的思维、宏大而又科学的出版理念，并有强大行动力的浙江文艺出版社，成功地组织了各领域的力量，在一份本就经过时间考验的书单基础上，邀请一流的专家学者、作家、有丰富教学经验的语文老师、阅读推广人，根据"新课标"所确定的阅读任务、阅读方向和阅读梯度，给出了一份高水准的阅读书单，并已开始按照这一书单有步骤地出版。

　　这些年，我们国家上上下下沉思阅读与国家民族强盛之关系，国家将阅读的意义上升到从未有过的高度，无数具有高度责任感的阅读推广人四处奔走游说，并引领人们如何阅读，有关阅读的重大意义已日益深入人心。事实上，广大中小学的课外阅读已经形成气候，并开始常态化，所谓"书香校园"已比比皆是。现在的问题是：阅读虽然蔚然成风，但阅读生态却并不理想，甚至很不理想。这个被商业化浪潮反复冲击的世界，阅读自然也难以幸免。那些纯粹出于商业目的的写作、阅读推广以及和各种利益直接挂钩的某些机构的阅读书目推荐，造成了阅读的极大混乱。许多中小学生手头上阅读的图书质量低下，阅读精力的投放与阅读收益严重不成比例。更严重的情况是，一些学生因为阅读了这些质量低下的图书，导致了天然语感被破坏，语文能力非但没有得到提高，还不断下降。如果这种情况大面积发生，我们还在毫无反思、毫无警觉地泛泛谈课外阅读对语文学习之意义，就可能事与愿违了。现实迫切需要有一份质量上乘、定位精准、真正能够匹配语文教材的阅读书目以及这些图书的高质量出版。

我们必须回到"经典"这个概念上来。

我们可能首先要回答"经典"这个词从何而来。

人们发现，这个世界上的书越来越多了，特别是到了今天，图书出版的门槛大大降低，加之出版在技术上的高度现代化，一本书的出版与竹简时代、活字印刷时代的所谓出版相比，其容易程度简直无法形容。书的汪洋大海正席卷这个星球。然而，人们很清楚地看到一个根本无法回避的事实，那就是：每一个人的生命长度都是有限的，我们根本不可能去阅读所有的图书。于是一个问题很久之前就被提出来了：怎么样才能在有限的生命过程中读到最值得读的书？人们聪明地想到了一个办法：将一些人——一些读书种子——养起来，让他们专门读书，让读书成为他们的事业和职业，然后由"苦读"的他们转身告诉普通的阅读大众，何为值得将宝贵的生命投入于此的上等图书，何为不值得将生命浪费于此的末流图书或是品质恶劣的图书。通过一代一代人漫长而辛劳的摸索，我们终于把握了那些优秀文字的基本品质。这些被认定的图书又经过时间之流的反复洗涤，穿越岁月的风尘，非但没有留下被岁月腐蚀的痕迹，反而越发光彩、青春焕发。于是，我们称它们为"经典"。

  阅读经典是人类找到的一种科学的阅读途径。阅读经典免去了我们生命的虚耗和损伤。我们可以通过对这些图书的阅读，让我们的生命得以充实和扩张。我们在这些文字中逐渐确立了正当的道义观，潜移默化之中培养了高雅的审美情趣，字里行间悲悯情怀的熏陶，使我们不断走向文明，我们的创造力因知识的积累而获得了足够的动力，并因为这些知识的正确性，从而保证了创造力都用在人类的福祉上。阅读这些经典所获得的好处，根本无法说尽。而对于广大的中小学生来说，阅读经典无疑也是提高他们语文能力的明智选择。

  这套书，也许不是所有篇章都堪称经典，但它们至少称得上名著，都具有经典性。

2018 年 7 月 15 日于北京大学

点击名著

◎ 关于作者

冯骥才,1942年生于天津,从小热爱文学、绘画、音乐和球类运动。初为画家,"文革"后登上文坛,以小说、散文和随笔见长。代表作有《俗世奇人》《高女人和她的矮丈夫》《三寸金莲》等。作品版本很多,有英、法、德、俄、意、日、西等十余种文字译本。20世纪末,发起规模浩大的文化遗产与古村落抢救,影响深广。

◎ 关于内容

全书分五个部分,或写坚韧不拔的生命奇观,或写有趣有味的岁月记忆,或写对亲人朋友的深切怀念,或写对文化现状的深度思考,或写对异域风情的精神追寻。文风活泼,内涵丰富,情感真挚,意蕴悠长。

◎ 关于特色

冯骥才散文的画面感和生活现场感、深刻的人生体悟及博大的情怀体现等,都让作品散发着无穷的魅力,读来倍感温馨,也耐人寻味。

1. 极具画面感。绘画功底深厚的冯骥才先生对形象的描写特别擅长,使人常常有一种如见其景的感觉。《长衫老者》中胡同往日的喧嚣与今日的静谧,《歪儿》中孩子们的表现自己与成全他人,《秋天的音乐》中美好的想象与丑陋的现实……似乎都一一地展现开来,如此清晰,又如此深刻。

2. 充满哲思味。作者写散文，常常从细小事件中体悟人生，充满着哲思的味道，正如他所说散文"是悟出来的"。如《苦夏》中"人生的力量全是对手给的"；《记韦君宜》中"回忆不是痛苦的，而是寂寥人间一种暖意的安慰"；《挽住我的老城》中"我们今天为之努力的，都是为了明天的回忆"……这些质朴的语言，让人回味无穷。

3. 渗透大情怀。作者散文语言生动，情感真挚。不论是对亲情的体味还是对师长的怀念，不论是对小人物的同情还是对故乡的眷恋，无不渗透着作者悲天悯人的博大情怀，处处留下了他对生命、对人生的深度思考。

阅读建议与指导

◎ 时间规划与管理

本书分为五辑，共有四十篇文章，建议结合以下阅读计划与自评表，每天读两至三篇文章，在三周以内读完。

与书一起飞翔：《冯骥才散文精选》阅读计划与自评表

章节	阅读时间	阅读篇目	阅读达成情况
自然奇观	___月___日		
	___月___日		
	___月___日		

续表

章节	阅读时间	阅读篇目	阅读达成情况
自然奇观	___月___日		
人生滋味	___月___日		
	___月___日		
	___月___日		
	___月___日		
人物特写	___月___日		
	___月___日		
	___月___日		
	___月___日		
文化传承	___月___日		
	___月___日		
	___月___日		
	___月___日		
海外游踪	___月___日		
	___月___日		
	___月___日		
	___月___日		

◎ 阅读方法与建议

1. 互文参读

同学们,"参读"是鲁迅先生总结的一种常用的读书方法,也是我们深入作品的一种好方法。如果我们在阅读整本书的时候,能够参考阅读作者的写作背景、人生经历、撰写的其他文章或名家的评论解读等,就能加深对作品内容与主题的理解。阅读这本书时,你不妨这样试一试。

（1）参读作者其他文章。本书是冯骥才先生的散文精选集，假如我们能够参读作者对文学的理解、对散文的认识，如《我心中的文学》《趣说散文》等文章，我们对作者的写作风格就会有更深的认识；如果你读完《刷子李》《快手刘》等文章，再参考阅读作者撰写的《俗世奇人》一书，就会更加惊叹于作者塑造人物形象功底之深厚、语言之巧妙。

（2）参读名家解读评论。冯骥才的多篇文章，如《珍珠鸟》《挑山工》《刷子李》等都入选过小学语文教材，许多名家对其发表过精彩的评论。如冰心曾就《珍珠鸟》一文写过评论，假如你去找来读读，对这篇文章的理解和体验会更加深刻。

（3）参读访谈录。作为当代最负盛名的作家之一，冯骥才先生身上有许多值得学习的地方。不同的时期，都有不同的记者与他访谈过，假如读读这些访谈，你会走进他的画、他的文、他的人，也许你能通过这些访谈录印证"文如其人"，走进他奋斗的一生。

2. 批注留思

"批注"也是一种常用的阅读方法。正所谓"不动笔墨不读书"，在阅读时可以留下自己思考的痕迹。我们可以把所惑、所思、所感随手批写在书中的空白地方，以帮助理解、深入思考。批注的位置可以是书头上，即"眉批"，也可以是字、词、句的旁边或书页的边上，即"旁批"，还可以是一段或全文之后，即"尾批"。在阅读时，我们可以尝试在以下地方进行批注：

（1）字词处。冯骥才的散文文质兼美，风格多样，有的描写特别细腻，动人心弦，有的则具有深刻的哲理意味。像这样的经典之处都可以进行批注。

（2）疑问处。"学源于思，思源于疑"，有疑问的地方你也可以批注，它会促使你进行深入思考，让你的思想更深刻。

（3）感悟处。都说一千个读者，就有一千个哈姆雷特。阅读是文字与思想碰撞的过程，在阅读中遇到特别有感触的地方可以进行批注，这些都是你阅读时最真实的感受，是属于你自己的内心体验。

需要注意的是，"批注"应尽量做到言简意赅。如果这本书你准备阅读多次，那么每次可以用不同颜色的笔迹标注。或许你会有常读常新的体会！另外，本书对《书架》《日历》和《快手刘》也进行了一些批注，希望会给你一点启发。

3. 撷英咀华

冯骥才先生的文章极具画面感。具有深厚绘画修养的他对形象的描写可谓得心应手。因此，同学们在阅读过程中，可以特别留意那些如诗如画的句子。这些句子值得我们反复品读，再选择自己喜欢的摘录下来，并写下点滴感受。

同时，许多散文还包含着作者的处世智慧。因此，大家在阅读时也要关注作者的人生体悟。这些体悟同样值得我们认真咀嚼。你也可以把它们摘抄下来，再结合自己的生活写写感受，相信你一定会受益匪浅。以下摘录卡供大家参考。

佳句摘抄

佳句：_____

_____

——摘自《　　　　　　》

我的感受：_____

佳句摘抄

佳句：_____

_____

——摘自《　　　　　　》

我的感受：_____

佳句摘抄

佳句：_____
_____
———摘自《_____》
我的感受：_____
_____

佳句摘抄

佳句：_____
_____
———摘自《_____》
我的感受：_____
_____

自然奇观

黄山绝壁松 /003

绵山奇观记 /006

珍珠鸟 /010

逼来的春天 /013

苦夏 /017

秋天的音乐 /020

冬日絮语 /025

人生滋味

花脸 /031

书架 /035

书桌 /040

捅马蜂窝 /048

哦，中学时代…… /051

白发 /053

时光 /056

除夕情怀 /059

马年的滋味 /062

日历 /065

母亲百岁记 /070

人物特写

老母为我"扎红带" /077

长衫老者 /080

逛娘娘宫 /082

快手刘 /098

歪儿 /104

挑山工 /107

记韦君宜 /112

怀念老陆 /119

文化传承

灵魂的巢 /125

挽住我的老城 /128

我们共同的日子 /133

大雪入绛州 /136

细雨探花瑶 /140

贺兰人的唱灯影子 /145

精卫是我的偶像 /149

海外游踪

维也纳春天的三个画面 /153

巴黎的天空 /157

高山上的海蒂和她的父亲 /161

古希腊的石头 /169

三千道瀑布 /176

精神的殿堂 /180

家庭的遗产 /185

阅读拓展 /188

自然奇观

黄山绝壁松

黄山以石奇云奇松奇名天下。然而登上黄山，给我以震动的是黄山松。

黄山之松布满黄山。由深深的山谷至大大小小的山顶，无处无松。可是我说的松只是山上的松。

山上有名气的松树颇多。如迎客松、望客松、黑虎松、连理松等等，都是游客们竞相拍照的对象。但我说的不是这些名松，而是那些生在极顶和绝壁上不知名的野松。

黄山全是石峰。裸露的巨石侧立千仞，光秃秃没有土壤，尤其那些极高的地方，天寒风疾，草木不生，苍鹰也不去那里，一棵棵松树却破石而出，伸展着优美而碧绿的长臂，显示其独具的气质。世人赞叹它们独绝的姿容，很少去想在终年的烈日下或寒飙中，它们是怎样存活和生长的。

一位本地人告诉我，这些生长在石缝里的松树，根部能够分泌一种酸性的物质，腐蚀石头的表面，使其化为养分被自己吸收。为了从石头里寻觅生机，也为了牢牢抓住绝壁，以抵抗不期而至的狂风的撕扯与摧折，它们的根日日夜夜与石头搏斗着，最终不可思议地穿入坚如钢铁的石体。细心便能看到，这些松根在生长和壮大时常常把石头从中挣裂！还有什么树木有如此顽强的生命力？

我在迎客松后边的山崖上仰望一处绝壁，看到一条长长的石缝里生着一株幼小的松树。它高不及一米，却旺盛而又有活力。显然曾有一颗松子飞落到这里，在这冰冷的石缝间，什么养料也没有，它却奇迹般生根发芽，生长起来。如此幼小的树也能这般顽强？这力量是来自物种本身，还是在一代代松树坎坷的命运中磨砺出来的？我想，一定是后者。我发现，山上之松与山下之松绝不一样。那些密密实实拥挤在温暖的山谷中的松树，干直枝肥，针叶鲜碧，慵懒而富态；而这些山顶上的绝壁松却是枝干瘦硬，树叶黑绿，矫健又强悍。这绝壁之松是被恶劣与凶险的环境强化出来的。它遒劲和富于弹性的树干，是长期与风雨搏斗的结果；它远远地伸出的枝叶是为了更多地吸取阳光……这一代代艰辛的生存记忆，已经化为一种个性的基因，潜入绝壁松的骨头里。为此，它们才有着如此非凡的性格与精神。

它们站立在所有人迹罕至的地方。那些荒峰野岭的极顶，那些下临万丈的悬崖峭壁，那些凶险莫测的绝境，常常可以看到三两棵甚至只有一棵孤松，十分夺目地立在那里。它们彼此姿态各异，也神情各异，或英武，或肃穆，或孤傲，或寂寞。远远望着它们，会心生敬意；但它们——只有站在这些高不可攀的地方，才能真正看到天地的浩荡与博大。

于是，在大雪纷飞中，在夕阳残照里，在风狂雨骤间，在云烟明灭时，这些绝壁松都像一个个活着的人：像站立在船头镇定又从容地与激浪搏斗的艄公，战场上永不倒下的英雄，沉静的思想者，超逸又具风骨的文人……在一片光亮晴空的映衬下，它们的身影就如同用浓墨画上去的一样。

但是，别以为它们全像画中的松树那么漂亮。有的枝干被飓风吹折，暴露着断枝残干，但另一些枝叶仍很苍郁；有的被酷热

 自然奇观

与冰寒打败，只剩下赤裸的枯骸，却依旧尊严地挺立在绝壁之上。于是，一个强者应当有的品质——刚强、坚韧、适应、忍耐、奋进与自信，它全都具备。

现在可以说了，在黄山这些名绝天下的奇石奇云奇松中，石是山的体魄，云是山的情感，而松——绝壁之松是黄山的灵魂。

绵山奇观记

凡是名山，必有奇观。何谓奇观，天下罕见之神奇者也。那么，深藏在三晋腹地的绵山呢？

绵山以寒食清明节的发源地闻名于世。也许是寒食清明的名气太大，遮掩了它种种的神奇。今年清明时节，去到绵山拜谒大情大义的介子推墓，进山一看，吃了一惊，绵山竟藏龙卧虎有此绝世的奇观！

归来与友人侃一侃绵山的见闻。友人便给我出了一道题："你能给绵山的神奇起个名目吗？"我说："至少三大奇观。"友人说："说说看，哪三样奇观。不过，每一样必能称奇于天下，方可谓之奇观。"我听罢笑而道来——

第一样是宗教奇观：包骨真身。

早听说古代高僧修成正果，圆寂之后，身体不坏，僧人们便请来彩塑工匠，以泥土包其身，依其容塑其形，人称包骨真身像。佛教中，高僧尸体火化后米粒状的凝结物，称作舍利，被视作勤修得来功德的成果与标志。而这种圆寂后身体不坏的高僧更具同样的意义，因有全身舍利一说。全身舍利十分罕见，佛教有把全身舍利制成造像来供奉的习俗。此地人称之为包骨真身像。一般的佛像都是用泥土草木塑造的，而把全身舍利置于其中的包骨真身像则蕴藏着高僧们的追求与精神，自然对敬奉者有一种震撼

自然奇观

力和影响力。要有怎样坚定的意志和信念，才能成就这样的正果？

所有包骨真身都是古代留下来的。如今不再有了，故极其珍罕。然而，谁会想到绵山上竟还有十六尊之多，大都完好地保存在山中。

在古代绵山，修炼一生的高僧，自知大限将至，便由一根铁索攀至山顶，或通过一个临时搭架的木梯爬到悬崖绝壁上天然的洞穴里，停食净身，结跏趺坐，瞑目凝神，安然真寂。据说只有真正修成的高僧才能肉身不腐。其中还有四位道士，也是同样的苦修而成者。由于躯体风干后抽缩，体量显得比常人略小，其神气却栩栩如生。三晋彩塑艺人的技术真是高超绝伦，居然把每一位"包塑真容"者的个性都传达出来。有的仁慈和善，有的忧患悲悯，有的明彻空灵，有的沉静淡定。他们大多是唐宋金元几代的高僧与道人，距今有六七百年甚至上千年！岁月太长，泥皮破裂，里边露出衣袍；那位宋代高僧师显的手指甲和脚筋也能清晰地看到呢！历史赤裸裸而千真万确地呈现在眼前。一种坚韧追求的精神得到见证，令人敬佩。当今世上有几个地方还能见到这样的宗教奇观？

再一样是山水的奇观。

先说山。绵山以石为骨骼，土为血肉，树为衣衫。山多巨岩，往往直立百丈，巍然高大，颇为壮观。最奇特的是这些巨岩的半腰或下部，常常向内深凹进去，有如大汉吸腹，深邃如洞。里边既宁静又安全，无风无雨，冬暖夏凉。绵山里这种内凹的岩洞随处可见，最大的要算是云峰寺山的抱腹岩，中间竟然凹进去五六十米，高五六十米，宽竟达二百米！我此次到绵山已是春暖花开，岩腹内冬天里冻结的冰竟然依旧坚硬不化。古人早就看上这大自然神奇的恩赐，便在这巨大而幽深的岩腹里建庙筑寺。自三国以降，历代修建的庙宇层层叠叠，高低错落，优美异常。年年逢到庙会，来朝拜的香客多达万人。一时香烟缭绕，溢满岩腹。这样的奇观何处有？

绵山的山奇水亦奇。

原以为绵山多石，水必定少。山里的人却告诉我一句不可思议的话："绵山山有多高，水有多高。"待我山上山下留心察看，竟然真的如此。不单溪水在谷底奔流，就连海拔近两千米的龙脊岭和李姑岩的极顶也可以见到泉水从石缝里涓涓冒出。奇怪的是，这些水好似从石头里溢出来的。有的像雨水一样滴滴答答落下来，有的汇成细流沿着石壁蜿蜒而下，有的从岩石里渗到表面，湿漉漉地洇成一片。难道绵山的石头里都是水——就像古人所说，好的石头都是"负土胎泉"？

绵山最神奇的水莫过于圣乳泉。

圣乳泉在一块巨大的石壁上。但不是挂在石壁之上，而是从岩石的裂缝或洞眼里一点点淌出来的。时间太久，渐成石乳，饱满地隆起在岩壁上。这泉水便沿着圆圆的石乳头亮晶晶地滴下。

关于圣乳泉的传说，与寒食节有关。据说那位春秋时晋国大臣介子推搀扶母亲避火来到这里，一时口渴难忍，正巧绵山的五龙圣母路经此地，解开衣襟以乳水相救。但是火太大了，把圣母的双乳烧成石乳，五龙圣母就把石乳留在这里，以帮助山中口渴的人。人们感激圣母，称之为圣乳泉或母奶泉。据说这圣乳慈爱有灵，每一百年会再生出一对石乳来。从春秋至今两千五百年，岩壁上大大小小的石乳已生出二十五对。大的如枕头，小的似南瓜。而且全都是对对成双，酷似妇女的双乳。如果饮一口这圣乳滴下的泉水，还真的甘甜清洌，沁人心脾！

传说的圣乳是一种理想，现实的石乳却更奇异。所有石乳都长满厚厚的生气盈盈的绿苔，好似毛茸茸翠绿色的乳罩。有时上边还生出一种紫色小花，娇艳可爱。

这美丽而神奇的圣乳不是绵山独有的奇观吗？

更加惊心动魄的绵山奇观是——挂祥铃。这原本在唐代是一种祈雨谢佛的法事活动，渐渐已演化为绵山一带的民间习俗。

绵山的挂祥铃在抱腹岩的空王寺。人们在寺中拜求空王佛许愿或还愿之后，便请专事挂铃的艺人上山，将一只水罐大小的铜铃挂在岩腹上方陡峭的岩壁上。

挂铃之举十分惊险。艺人先要爬到山顶，将一条绳索系在松树上，然后扯住绳索一点点降落下来，直至岩腹上方，遂以绳荡身，直到贴附岩壁，再把铜铃牢牢挂在洞口上方的岩壁上。整个过程令人心惊胆战。艺人只身悬吊，下临无地，全凭一根绳索，需要非凡的胆量与技能，是不是非此不能表达对佛的虔敬？故而，每每将铜铃挂好，随即燃放红鞭一挂，以庆事成，亦报吉祥。

挂祥铃这个古俗为绵山人所喜爱，千年不绝。如今抱腹岩洞口挂着的铜铃密密麻麻一片，山风吹来，铃声叮当，清脆悠远，与下边寺庙中的钟鼓和梵乐合奏成乐，悦耳亦悦心。此情此景此民俗，何处还有？

友人听我讲到这里，已然目怔口呆。他的眼神似在问我还有什么奇观。

我说，山里的人们陪我登上龙脊岭时，遥指远处叫我看。只见起伏的山影宛如蓝色波涛，重重叠叠；其中几个峰巅，似有小屋。他们说，那山顶上近一处叫草庵，远一处叫茅庵，都是古庙，由于山高路远，没人去过。那儿有何奇人奇物奇事奇观，尚不可知。我所见到的绵山奇观，不过是厚厚的一本书前边的几十页而已。

珍珠鸟

真好！朋友送我一对珍珠鸟。放在一个简易的竹条编成的笼子里，笼内还有一卷干草，那是小鸟舒适又温暖的巢。

有人说，这是一种怕人的鸟。

我把它挂在窗前。那儿还有一盆异常茂盛的法国吊兰。我便用吊兰长长的、串生着小绿叶的垂蔓蒙盖在鸟笼上，它们就像躲进深幽的丛林一样安全；从中传出的笛儿般又细又亮的叫声，也就格外轻松自在了。

阳光从窗外射入，透过这里，吊兰那些无数指甲状的小叶，一半成了黑影，一半被照透，如同碧玉；斑斑驳驳，生意葱茏。小鸟的影子就在这中间隐约闪动，看不完整，有时连笼子也看不出，却见它们可爱的鲜红小嘴儿从绿叶中伸出来。

我很少扒开叶蔓瞧它们，它们便渐渐敢伸出小脑袋瞅瞅我。我们就这样一点点熟悉了。

三个月后，那一团越发繁茂的绿蔓里边，发出一种尖细又娇嫩的鸣叫。我猜到，是它们有了雏儿。我呢？决不掀开叶片往里看，连添食加水时也不睁大好奇的眼去惊动它们。过不多久，忽然有一个小脑袋从叶间探出来。更小哟，雏儿！正是这个小家伙！

它小，就能轻易地由疏格的笼子钻出身。瞧，多么像它的母亲：红嘴红脚，灰蓝色的毛，只是后背还没有生出珍珠似的圆圆的白点；它好肥，整个身子好像一个蓬松的球儿。

起先，这小家伙只在笼子四周活动，随后就在屋里飞来飞去，一会儿落在柜顶上，一会儿神气十足地站在书架上，啄着书背上那些大文豪的名字；一会儿把灯绳撞得来回摇动，跟着跳到画框上去了。只要大鸟在笼里生气儿地叫一声，它立即飞回笼里去。

我不管它。这样久了，打开窗子，它最多只在窗框上站一会儿，决不飞出去。

渐渐它胆子大了，就落在我书桌上。

它先是离我较远，见我不去伤害它，便一点点挨近，然后蹦到我的杯子上，俯下头来喝茶，再偏过脸瞧瞧我的反应。我只是微微一笑，依旧写东西，它就放开胆子跑到稿纸上，绕着我的笔尖蹦来蹦去；跳动的小红爪子在纸上发出嚓嚓响。

我不动声色地写，默默享受着这小家伙亲近的情意。这样，它完全放心了，索性用那涂了蜡似的、角质的小红嘴，"嗒嗒"啄着我颤动的笔尖。我用手抚一抚它细腻的绒毛，它也不怕，反而友好地啄两下我的手指。

有一次，它居然跳进我的空茶杯里，隔着透明光亮的玻璃瞅我。它不怕我突然把杯口捂住。是的，我不会。

白天，它这样淘气地陪伴我；天色入暮，它就在父母的再三呼唤声中，飞向笼子，扭动滚圆的身子，挤开那些绿叶钻进去。

有一天，我伏案写作时，它居然落到我的肩上。我手中的笔不觉停了，生怕惊跑它。待一会儿，扭头看，这小家伙竟趴在我的肩头睡着了，银灰色的眼睑盖住眸子，小红脚刚好给胸脯上长长的绒毛盖住。我轻轻抬一抬肩，它没醒，睡得好熟！还咂咂嘴,难道在做梦?

我笔尖一动,流泻下一时的感受:

信赖,往往创造出美好的境界。

逼来的春天

那时,大地依然一派毫无松动的严冬景象,土地梆硬,树枝全抽搐着,害病似的打着冷战;雀儿们晒太阳时,羽毛奓开好像绒球,紧挤一起,彼此借着体温。你呢,面颊和耳朵边儿像要冻裂那样疼痛……然而,你那冻得通红的鼻尖,迎着凛冽的风,却忽然闻到了春天的气味!

春天最先是闻到的。

这是一种什么气味?它令你一阵惊喜,一阵激动,一下子找到了明天也找到了昨天——那充满诱惑的明天和同样季节、同样感觉却流逝难返的昨天。可是,当你用力再去吸吮这空气时,这气味竟又没了!你放眼这死气沉沉冻结的世界,准会怀疑它不过是瞬间的错觉罢了。春天还被远远隔绝在地平线之外吧。

但最先来到人间的春意,总是被雄踞大地的严冬所拒绝、所稀释、所泯灭。正因为这样,每逢这春之将至的日子,人们会格外地兴奋、敏感和好奇。

如果你有这样的机会多好——天天来到这小湖边,你就能亲眼看到冬天究竟怎样退去,春天怎样到来,大自然究竟怎样完成这一年一度起死回生的最奇妙和最伟大的过渡。

但开始时,每瞧它一眼,都会换来绝望。这小湖干脆就是整整一块巨大无比的冰,牢牢实实,坚不可摧;它一直冻到湖底了吧？鱼儿全死了吧？灰白色的冰面在阳光反射里光芒刺目；小鸟从不敢在这寒气逼人的冰面上站一站。

逢到好天气，一连多天的日晒，冰面某些地方会融化成水，别以为春天就从这里开始。忽然一夜寒飙过去，转日又冻结成冰，恢复了那严酷肃杀的景象。若是风雪交加，冰面再盖上一层厚厚雪被，春天真像天边的情人，愈期待愈迷茫。

然而，一天，湖面一处，一大片冰面竟像沉船那样陷落下去，破碎的冰片斜插水里，好像出了什么事！这除非是用重物砸开的，可什么人，又为什么要这样做呢？但除此之外，并没发现任何异常的细节。那么你从这冰面无缘无故的坍塌中是否隐隐感到了什么……刚刚从裂开的冰洞里露出的湖水，漆黑又明亮，使你想起一双因为爱你而无限深邃又默默的眼睛。

这坍塌的冰洞是个奇迹，尽管寒潮来临，水面重新结冰，但在白日阳光的照耀下又很快地融化和洞开。冬的伤口难以愈合。冬的黑子出现了。

冬天与春天的界限是瓦解。

冰的坍塌不是冬的风景，而是隐形的春所创造的第一幅壮丽的图画。

跟着，另一处湖面，冰层又坍塌下去。一个、两个、三个……随后湖面中间闪现一条长长的裂痕，不等你确认它的原因和走向，居然又发现几条粗壮的裂痕从斜刺里交叉过来。开始这些裂痕发白，渐渐变黑，这表明裂痕里已经浸进湖水。某一天，你来到湖边，会止不住出声地惊叫起来，巨冰已经裂开！黑黑的湖水像打开两扇沉重的大门，把一分为二的巨冰推向两旁，终于袒露出自己阔大、光滑而迷人的胸膛……

这期间，你应该在岸边多待些时候。你就会发现，这漆黑而

自然奇观

依旧冰冷的湖水泛起的涟漪,柔软又轻灵,与冬日的寒浪全然两样了。那些仍然覆盖湖面的冰层,不再光芒夺目,它们黯淡、晦涩、粗糙和发脏,表面一块块凹下去。有时,忽然"咔嚓"清脆的一响,跟着某一处,断裂的冰块应声漂移而去……尤其动人的,是那些在冰层下憋闷了长长一冬的大鱼,它们时而激情难捺,猛地蹦出水面,在阳光下银光闪烁打个"挺儿","哗啦"落

《期待》 冯骥才绘

入水中。你会深深感到,春天不是由远方来到眼前,不是由天外来到人间,它原是深藏在万物的生命之中的,它是从生命深处爆发出来的,它是生的欲望、生的能源与生的激情。它永远是死亡的背面。唯此,春天才是不可遏制的。它把酷烈的严冬作为自己的序曲,不管这序曲多么漫长。

追逐着凛冽的朔风的尾巴,总是明媚的春光;所有冻凝的冰的核儿,都是一滴春天的露珠;那封闭大地的白雪下边是什么?你挥动大帚,扫去白雪,一准是连天的醉人的绿意……

你眼前终于出现这般景象:宽展的湖面上到处浮动着大大小小的冰块。这些冬的残骸被解脱出来的湖水戏弄着,今儿推到湖这边儿,明日又推到湖那边儿。早来的候鸟常常一群群落在浮冰上,像乘载游船,欣赏着日渐稀薄的冬意。这些浮冰不会马上消失,有时还会给一场春寒冻结在一起,霸道地凌驾湖上,重温昔日威严的梦。然而,春天的湖水既自信又有耐性,有信心才有耐

性。它在这浮冰四周，扬起小小的浪头，好似许许多多温和而透明的小舌头，去舔弄着这些渐软渐松渐小的冰块……最后，整个湖中只剩下一块肥皂大小的冰片片了，湖水反而不急于吞没它，而是把它托举在浪波之上，摇摇晃晃，一起一伏，展示着严冬最终的悲哀、无助和无可奈何……终于，它消失了。冬，顿时也消失于天地间。这时你会发现，湖水并不黝黑，而是湛蓝湛蓝。它和天空一样的颜色。

天空是永远宁静的湖水，湖水是永难平静的天空。

春天一旦跨到地平线这边来，大地便换了一番风景，明朗又朦胧。它日日夜夜散发着一种气息，就像青年人身体散发出的气息。清新的，充沛的，诱惑而撩人的，这是生命本身的气息。大地的肌肤——泥土，松软而柔和；树枝不再抽搐，软软地在空中自由舒展，那纤细的枝梢无风时也颤悠悠地摇动，招呼着一个万物萌芽的季节的到来。小鸟们不必再夯开羽毛，个个变得光溜精灵，在高天上扇动阳光飞翔……湖水因为春潮涨满，仿佛与天更近；静静的云，说不清在天上还是在水里……湖边，湿漉漉的泥滩上，那些东倒西歪的去年的枯苇棵里，一些鲜绿夺目、又尖又硬的苇芽，破土而出，愈看愈多，有的地方竟已簇密成片了。你真惊奇！在这之前，它们竟逃过你细心的留意，一旦发现即已充满咄咄的生气了！难道这是一夜春风、一阵春雨或一日春晒，便齐刷刷钻出地面？来得又何其神速！这分明预示着，大自然囚禁了整整一冬的生命，要重新开始新的一轮竞争了。而它们，这些碧绿的针尖一般的苇芽，不仅叫你看到了崭新的生命，还叫你深刻地感受到生命的锐气、坚韧、迫切，还有生命和春的必然。

苦 夏

这一日，终于撂下扇子。来自天上干燥清爽的风，忽吹得我衣飞举，并从袖口和裤管钻进来，把周身滑溜溜地抚动。我惊讶地看着阳光下依旧夺目的风景，不明白数日前那个酷烈非常的夏天突然到哪里去了。

是我逃遁似的一步跳出了夏天，还是它就像一九七六年的"文革"那样——在一夜之间崩溃？

身居北方的人最大的福分，便是能感受到大自然的四季分明。我特别能理解一位新加坡朋友，每年冬天要到中国北方住上十天半个月，否则会一年里周身不适。好像不经过一次冷处理，他的身体就会发酵。他生在新加坡，祖籍中国河北；虽然人在"终年都是夏"的新加坡长大，血液里肯定还执着地潜在着大自然四季的节奏。

四季是来自宇宙的最大的节拍。在每一个节拍里，大地的景观便全然变换与更新。四季还赋予地球以诗，故而悟性极强的中国人，在四言绝句中确立的法则是：起，承，转，合。这四个字恰恰就是四季的本质。起始如春，承续似夏，转变若秋，合拢为冬。合在一起，不正是地球生命完整的一轮？为此，天地间一切生命全都依从着这一节拍，无论岁岁枯荣与生死的花草百虫，还是长命百岁的漫漫人生。然而在这生命的四季里，最壮美和最热烈的不是这长长的夏吗？

女人们孩提时的记忆散布在四季；男人们的童年往事大多是在夏天里。这由于，我们儿时的伴侣总是各种各样的昆虫。蜻蜓、天牛、蚂蚱、螳螂、蝴蝶、蝉、蚂蚁、蚯蚓，此外还有青蛙和鱼儿。它们都是夏日生活的主角；每种昆虫都给我们带来无穷的快乐。甚至我对家人和朋友们记忆最深刻的细节，也都与昆虫有关。比如妹妹一见到壁虎就发出一种特别恐怖的尖叫，比如邻家那个斜眼的男孩子专门残害蜻蜓，比如同班一个最好看的女生头上花形的发卡，总招来蝴蝶落在上边；再比如，父亲睡在铺了凉席的地板上，夜里翻身居然压死了一只蝎子——这不可思议的事使我感到父亲的无比强大。后来父亲挨斗，挨整，写检查；我劝慰和宽解他，怕他自杀，替他写检查——那是我最初写作的内容之一。这时候父亲那种强大感便不复存在。生活中的一切事物，包括夏天的意味全都发生了变化。

在快乐的童年里，根本不会感到蒸笼般夏天的难耐与难熬。唯有在此后艰难的人生里，才体会到苦夏的滋味。快乐把时光缩短，苦难把岁月拉长，一如这长长的仿佛没有尽头的苦夏。但我至今不喜欢谈自己往日的苦楚与磨砺。相反，我却从中领悟到"苦"字的分量。苦，原是生活中的蜜。人生的一切收获都压在这沉甸甸的"苦"字的下边。然而一半的"苦"字下边又是一无所有。你用尽平生的力气，最终所获与初始时的愿望竟然去之千里。你该怎么想？

于是我懂得了这苦夏——它不是无尽头的暑热的折磨，而是我们顶着毒日头默默又坚忍的苦斗的本身。人生的力量全是对手给的，那就是要把对手的压力吸入自己的骨头里。强者之力最主要的是承受力。只有在匪夷所思的承受中才会感到自己属于强者，也许为此，我的写作一大半是在夏季。很多作家包括普希金不都是在爽朗而惬意的秋天里开花结果？我却每每进入炎热的夏季，反而写作力加倍地旺盛。我想，这一定是那些沉重的人生的苦夏，锻造出我这个反常的性格习惯。我太熟悉那种写作力了，汗湿的胳膊粘在书桌玻璃上的美妙无比的感觉。

在维瓦尔第的《四季》中，我常常只听"夏"的一章。它使我激动，胜过春之勃发、秋之灿烂、冬之静穆。友人说"夏"的一章，极尽华丽之美。我说我从中感受到的，却是夏的苦涩与艰辛，甚至还有一点儿悲壮。友人说，我在这音乐情境里已经放进去太多自己的故事。我点点头，并告诉他我的音乐体验。音乐的最高境界是超越听觉；不只是它给你，更是你给它。

年年夏日，我都会这样体验一次夏的意义，从而激情迸发，心境昂然。一手撑着滚烫的酷暑，一手写下许多文字来。

今年我还发现，这伏夏不是被秋风吹去的，更不是给我们的扇子轰走的——

夏天是被它自己融化掉的。

因为，夏天的最后一刻，总是它酷热的极致。我明白了，它是耗尽自己的一切，才显示出无边的威力。生命的快乐是能量淋漓尽致地发挥。但谁能像它这样，用一种自焚的形式，创造出这火一样辉煌的顶点？

于是，我充满了夏之崇拜！我要一连跨过眼前的辽阔的秋、悠长的冬和遥远的春，再一次邂逅你，我精神的无上境界——苦夏！

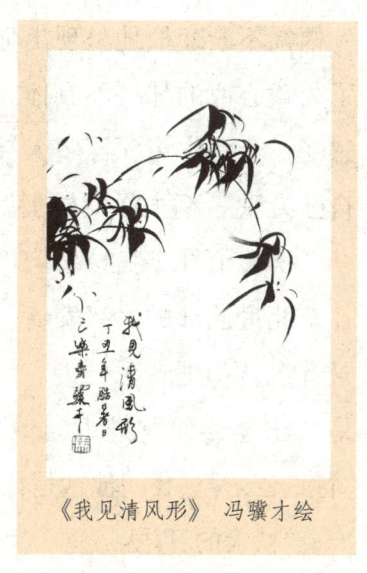

《我见清风形》 冯骥才绘

秋天的音乐

你每次上路出远门千万别忘记带上音乐，只要耳朵里有音乐，你一路上对景物的感受就全然变了。它不再是远远待在那里、无动于衷的样子，音乐在撩拨你心灵的同时，也把窗外的景物调弄得易感而动情。你被种种旋律和音响唤起的丰富的内心情绪，这些景物也全部神会地感应到了，它还随着你的情绪奇妙地进行自我再造。你振作它雄浑，你宁静它温存，你伤感它忧患，也许同时还给你加上一点人生甜蜜的慰藉，这是真正知友心神相融的交谈……河湾、山脚、烟光、云影、一草一木，所有细节都浓浓浸透你随同音乐而流动的情感，甚至它一切都在为你变形，一幅幅不断变换地呈现出你心灵深处的画面。它使你一下子看到了久藏心底的那些不具体、不成形、朦胧模糊或被时间湮没了的感受，于是你更深深坠入被感动的旋涡里，享受这画面、音乐和自己灵魂三者融为一体的特殊感受……

秋天十月，我松松垮垮套上一件粗线毛衣，背个大挎包，去往东北最北部的大兴安岭。赶往火车站的路上，忽然发觉只带了录音机，却把音乐磁带忘记在家，恰巧路过一个朋友的住处，他是音乐迷，便跑进去向他借。他给我一盘说是新翻录的，都是"背景音乐"。我问他这是什么曲子，他怔了怔，看我一眼说：

"秋天的音乐。"

他多半随意一说，搪塞我。这曲名，也许是他看到我被秋风吹得松散飘扬的头发，灵机一动得来的。

火车一出山海关，我便戴上耳机听起这秋天的音乐。开端的旋律似乎熟悉，没等我怀疑它是不是真正地描述秋天，下巴发懒地一蹭粗软的毛衣领口；两只手搓一搓，让干燥的凉手背给湿润的热手心舒服地摩擦摩擦，整个身心就进入秋天才有的一种异样温暖甜醉的感受里了。

我把脸颊贴在窗玻璃上，挺凉，带着享受的渴望往车窗外望去，秋天的大自然展开一片辉煌灿烂的景象。阳光像钢琴明亮的音色洒在这收割过的田野上，整个大地像生过婴儿的母亲，幸福地舒展在开阔的晴空下，躺着，丰满而柔韧的躯体！从麦茬里裸露出的浓厚的红褐色是大地母亲健壮的肤色；所有树林都在炎夏的竞争中把自己的精力膨胀到头，此刻自在自如地伸展它优美的枝条；所有金色的叶子都是它的果实，任秋风翻动，煌煌夸耀着秋天的富有。真正的富有感，是属于创造者的；真正的创造者，才有这种潇洒而悠然的风度……一只鸟儿随着一个轻扬的小提琴旋律腾空飞起，它把我引向无穷纯净的天空。任何情绪一入天空便化作一片博大的安寂。这愈看愈大的天空有如伟大哲人恢宏的头颅，白云是他的思想。有时风云交会，会闪出一道智慧的灵光，响起一句警示世人的哲理。此时，哲人也累了，沉浸在秋天的松弛里。它高远，平和，神秘无限。大大小小、松松散散的云彩是他思想的片段，而片段才是最美的，无论思想还是情感……这千形万状精美的片段伴同空灵的音响，在我眼前流过，还在阳光里洁白耀眼。那乘着小提琴旋律的鸟儿一直钻向云天，愈高愈小，最后变成一个极小的黑点儿，忽然"噗"地扎入一个巨大、蓬松、发亮的云团……

我陡然想起一句话：

"我一扑向你，就感到无限温柔啊。"

我还想起我的一句话：

"我睡在你的梦里。"

那是一个清明的早晨，在实实在在酣睡一夜醒来时，正好看见枕旁你朦胧的、散发着香气的脸说的。你笑了，就像荷塘里、雨里、雾里悄然张开的一朵淡淡的花。

接下去的温情和弦，带来一片疏淡的田园风景。秋天消解了大地的绿，用它中性的调子，把一切色泽调匀。和谐又高贵，平稳又舒畅，只有收获过了的秋天才能这样静谧安详。几座闪闪发光的麦秸垛，一缕银蓝色半透明的炊烟，这儿一棵那儿一棵怡然自得站在平原上的树，这儿一只那儿一只慢吞吞吃草的杂色的牛。在弦乐的烘托中，我心底渐渐浮起一张又静又美的脸。我曾经用吻，像画家用笔那样勾勒过这张脸：轮廓、眉毛、眼睛、嘴唇……这样的勾画异常奇妙，无形却深刻地记住。你嘴角的小窝、颤动的睫毛、鼓脑门和尖俏下巴上那极小而光洁的平面……近景从眼前疾掠而过，远景跟着我缓缓向前，大地像唱片慢慢旋转，耳朵里不绝地响着这曲人间牧歌。

一株垂死的老树一点点走进这巨大唱片的中间来。它的根像唱针，在大自然深处划出一支忧伤的曲调。心中的光线和风景的光线一同转暗，即使一湾河水强烈的反光，也清冷，也刺目，也凄凉。一切阴影都化为行将垂暮的秋天的愁绪；萧疏的万物失去往日共荣的激情，各自挽着生命的孤单；篱笆后一朵迟开的小葵花，像你告别时在人群中伸出的最后一次招手，跟着被轰隆隆前奔的列车甩到后边……春的萌动、战栗、骚乱，夏的喧闹、蓬勃、繁华，全都销匿而去，无可挽回。不管它曾经怎样辉煌，怎样骄傲，怎样光芒四射，怎样自豪地挥霍自己的精力与才华，毕竟过往不复。人生是一次性的；生命以时间为载体，这就决定人类以死亡为结局的必然悲剧。谁能把昨天和前天追回来，哪怕再经受一次痛苦的诀别也是幸福，还有那做过许多傻事的童年，年轻的母亲和初恋的梦，都与这老了的秋天去之遥远了。一种浓重的忧伤混同音乐漫无边际地散开，渲染着满目风光。我忽然想喊，想叫这列车停住，倒回去！

突然，一条大道纵向冲出去，黄昏中它闪闪发光，如同一支号角嘹亮吹响，声音唤来一大片拔地而起的森林，像一支金灿灿的铜管乐队，奏着庄严的乐曲走进视野。来不及分清这是音乐还是画面变换的缘故，心境陡然一变，刚刚的忧愁一扫而光。当浓林深处一棵棵依然葱绿的幼树晃过，我忽然醒悟，秋天的凋谢全是假象！

它不过在寒飙来临之前把生命掩藏起来，把绿意埋在地下，在冬日的雪被下积蓄与浓缩，等待下一个春天里，再一次加倍地挥洒与铺张！远远山坡上，坟茔，在夕照里像一堆火，神奇又神秘，它哪里是埋葬的一具尸体或一个孤魂？既然每个生命都在创造了另一个生命后离去，什么叫作死亡？死亡，不仅仅是一种生命的转换、旋律的变化、画面的更迭吗？那么世间还有什么比死亡更庄严、更神圣、更迷人！为了再生而奉献自己的伟大的死亡啊……

秋天的音乐已如圣殿的声音；这壮美崇高的轰响，把我全部身心都裹住，都净化了。我惊奇地感觉自己像玻璃一样透明。

这时，忽见对面坐着两位老人，正在亲密交谈。残阳把他俩的脸晒得好红，条条皱纹都像画上去的那么清楚。人生的秋天！他们把自己的青春年华、所有精力为这世界付出，连同头发里的色素也将耗尽，那满头银丝不是人间最值得珍惜的吗？我瞧着他俩相互凑近、轻轻谈话的样子，不觉生出满心的爱来，真想对他俩说些美好的话。我摘下耳机，未及开口，却听他们正议论关于单位里上级和下级的事，哪个连着哪个，哪个与哪个明争暗斗，哪个可靠和哪个更不可靠，哪个是后患而必须……我惊呆了，以致再不能听下去，赶快重新戴上耳机，打开音乐，再听，再放眼窗外的景物。奇怪！这一次，秋天的音乐，那些感觉，全没了。

"艺术原本是欺骗人生的。"

在我返回家，把这盘录音带送还给我那朋友时，把这话告他。

他不知道我为何得到这样的结论，我也不知道他为何对我说："艺术其实是安慰人生的。"

冬日絮语

每每到了冬日，才能实实在在触摸到岁月。年是冬日中间的分界。有了这分界，便在年前感到岁月一天天变短，直到残剩无多！过了年忽然又有大把的日子，成了时光的富翁，一下子真的大有可为了。

岁月是用时光来计算的。那么时光又在哪里？在钟表上、日历上，还是行走在窗前的阳光里？

窗子是房屋最迷人的镜框。节候变换着镜框里的风景。冬意最浓的那些天，屋里的热气和窗外的阳光一起努力，将冻结在玻璃上的冰雪融化；它总是先从中间化开，向四边蔓延。透过这美妙的冰洞，我发现原来严冬的世界才是最明亮的。那一如人的青春的盛夏，总有阴影遮翳，葱茏却幽暗。小树林又何曾有这般光明？我忽然对老人这个概念生了敬意。只有阅尽人生，脱净了生命年华的叶子，才会有眼前这小树林一般的明澈。只有这彻底的通达，才能有此无边的安宁。安宁不是安寐，而是一种博大而丰实的自享。世中唯有创造者所拥有的自享才是人生真正的幸福。

朋友送来一盆"香棒"，放在我的窗台上说："看吧，多漂亮的大叶子！"

这叶子像一只只绿色光亮的大手，伸出来，叫人欣赏。逆光中，它的叶筋舒展着舒畅又潇洒的线条。一种奇特的感觉出现了！严寒占据窗外，丰腴的春天却在我的房中怡然自得。

自从有了这盆"香棒"，我才发现我的书房竟有如此灿烂的阳光。它照进并充满每一片叶子和每一根叶梗，把它们变得像碧玉一样纯净、通亮、圣洁。我还看见绿色的汁液在通明的叶子里流动。这汁液就是血液。人的血液是鲜红的，植物的血液是碧绿的，心灵的血液是透明的，因为世界的纯洁来自心灵的透明。但是为什么我们每个人都说自己纯洁，而整个世界却仍旧一片混沌呢？

我还发现，这光亮的叶子并不是为了表示自己的存在，而是为了证实阳光的明媚、阳光的魅力、阳光的神奇。任何事物都同时证实着另一个事物的存在。伟大的出现说明庸人的无所不在；分离愈远的情人，愈显示了他们的心丝毫没有分离；小人的恶言恶语不恰好表达你的高不可攀和无法企及吗？而骗子无法从你身上骗走的，正是你那无比珍贵的单纯。老人的生命愈来愈短，还是他生命的道路愈来愈长？生命的计量，在于它的长度，还是宽度与深度？

《雪地上的阳光》 冯骥才绘

冬日里，太阳环绕地球的轨道变得又斜又低。夏天里，阳光的双足最多只是站在我的窗台上，现在却长驱直入，直射在我北面的墙壁上。一尊唐代的木佛一直伫立在阴影里沉思，此刻迎着一束光芒无声地微笑了。

阳光还要充满我的世界，它化为闪闪烁烁的光雾，朝着四周的阴暗的地方浸染。阴影又执着又调皮，阳光照到哪里，它就立刻躲到光的背后。而愈是幽暗的地方，愈能看见被阳光照得晶晶发光的游动的尘埃。这令我十分迷惑：黑暗与光明的界限究竟在哪里？黑夜与晨曦的界限呢？来自早醒的鸟的第一声啼叫吗……这叫声由于被晨露滋润而异样地清亮。

《冬日的诗》 冯骥才绘

但是，有一种光可以透入幽闭的暗处，那便是从音箱里散发出来的闪光的琴音。鲁宾斯坦的手不是在弹琴，而是在摸索你的心灵；他还用手思索，用手感应，用手触动色彩，用手试探生命世界最敏感的悟性……琴音是不同的亮色，它们像明明灭灭、强强弱弱的光束，散布在空间！那些旋律片段好似一些金色的鸟，扇着翅膀，飞进布满阴影的地方。有时，它会在一阵轰响里，关闭了整个地球上的灯或者创造出一个辉煌夺目的太阳。我便在一张寄给远方的失意朋友的新年贺卡上，写了一句话：

你想得到的一切安慰都在音乐里。

冬日里最令人莫解的还是天空。

盛夏里，有时乌云四合，那即将被峥嵘的云吞没的最后一块蓝天，好似天空的一个洞，无穷地深远。而现在整个天空全成了这样,在你头顶上无边无际地展开!空阔,高远,清澈,庄严!除去少有的飘雪的日子,大多数时间连一点点云丝也没有,鸟儿也不敢飞上去,这不仅由于它冷冽寥廓,而且因为它大得……大得叫你一仰起头就感到自己的渺小。只有在夜间,寒空中才有星星闪烁。这星星是宇宙间点灯的驿站。万古以来,是谁不停歇地从一个驿站奔向下一个驿站?为谁送信?为了宇宙间那一桩永恒的爱吗?

我从大地注视着这冬天的脚步,看看它究竟怎样一步步、沿着哪个方向一直走到春天。

人生滋味

花　脸

　　做孩子的时候，盼过年的心情比大人来得迫切，吃穿玩乐花样都多，还可以把来拜年的亲友塞到手心里的压岁钱都积攒起来，做个小富翁。但对于孩子们来说，过年的魅力还有一层更深在的缘故，便是我要写在这几张纸上的。

　　每逢年至，小闺女们闹着戴绒花、穿红袄，嘴巴涂上浓浓的胭脂团儿；男孩子们的兴趣都在鞭炮上，我则不然，最喜欢的是买个花脸戴。这是种纸浆轧制成的面具，用掺胶的彩粉画上戏里边那些有名有姓、威风十足的大花脸。后边拴根橡皮条，往头上一套，自己俨然就变成那员虎将了。这花脸是依脸形轧的，眼睛处挖两个孔，可以从里边往外看。但鼻子和嘴的地方不通气儿，一戴上，好闷，还有股臭胶和纸浆的味儿；说出话来，声音变得低粗，却有大将威武不凡的气概，神气得很。

　　一年年根，舅舅带我去娘娘宫前年货集市上买花脸。过年时人都分外有劲，挤在人群里好费力，终于从挂满在一条横竿上的花花绿绿几十种花脸中，惊喜地发现一个。这花脸好大，好特别！通面赤红，一双墨眉，眼角雄俊地吊起，头上边凸起一块绿包头，长巾贴脸垂下，脸下边是用马尾做的很长的胡须。这花脸与那些愣头愣脑、傻头傻脑、神头鬼脸的都不一样。虽然毫不凶恶，却有股子凛然不可侵犯的庄重之气，咄咄逼人。叫我看得直缩脖子,要是把它戴在脸上,管叫别人也吓得缩脖子。我竟不敢用手指它,只是朝它扬下巴,说:"我要那个大红脸!"

卖花脸的小罗锅儿,举竿儿挑下这花脸给我,龇着黄牙笑嘻嘻说:"还是这小少爷有眼力,要做关老爷!关老爷还得拿把青龙偃月刀呢!我给您挑把顶精神的!"说着从戳在地上的一捆刀枪里,抽出一柄最漂亮的大刀给我。大红漆杆,金黄刀面,刀面上嵌着几块闪闪发光的小镜片,中间画一条碧绿的小龙,还拴一朵红缨子。这刀!这花脸!没想到一下得到两件宝贝。我高兴得只是笑,话都说不出。舅舅付了钱,坐三轮车回家时,我就戴着花脸,倚着舅舅的大棉袍执刀而立,一路引来不少人瞧我,特别是那些与我般般大的男孩子投来艳羡的目光时,我快活至极。舅舅给我讲了许多关公的故事,过五关、斩六将,温酒斩华雄,边讲边说:"你好英雄呀!"好像在说我的光荣史。当他告我这把青龙偃月刀重八十斤,我简直觉得自己力大无穷。舅舅还教我用京剧自报家门的腔调说:

"我——姓关,名羽,字云长。"

到家,人人见人人夸,妈妈似乎比我更高兴。连总是厉害地板着脸的爸爸也含笑称我"小关公"。我推开人们,跑到穿衣镜前,横刀立马地一照,呀,哪里是小关公,我是大关公哪!

这样,整个大年三十我一直戴着花脸,谁说都不肯摘,睡觉时也戴着它,还是睡着后我妈妈轻轻摘下放在我枕边的,转天醒来头件事便是马上戴上,恢复我这"关老爷"的本来面貌。

大年初一,客人们陆陆续续来拜年,妈妈喊我去,好叫客人们见识见识我这关老爷。我手握大刀,摇晃着肩膀,威风地走进客厅,憋足嗓门叫道:"我——姓关,名羽,字云长。"

客人们哄堂大笑,都说:"好个关老爷,有你守家,保管大鬼

小鬼进不来！"

我越发神气，大刀呼呼抡两圈，摆个张牙舞爪的架势，逗得客人们笑个不停。只要客人来，妈妈就喊我出场表演。妈妈还给我换上只有三十夜拜祖宗时才能穿的那件青缎金花的小袍子。我成了全家过年的主角。连爸爸对我也另眼看待了。

我下楼一向不走楼梯。我家楼梯扶手是整根的光亮的圆木。下楼时便一条腿跨上去，"哧溜"一下滑到底。这时我就故意躲在楼上，等客人来突然由天而降，叫他们惊奇，效果会更响亮！

初一下午，来客进入客厅，妈妈一喊我，我跨上楼梯扶手飞骑而下，呜呀呀大叫一声闯进客厅，大刀上下一抡，谁知用力过猛，脚底没根，身子栽出去，"叭"的巨响，大刀正砍在花架上一尊插桃枝的大瓷瓶上，哗啦啦粉粉碎，只见瓷片、桃枝和瓶里的水飞向满屋，一个瓷片从二姑脸旁飞过，险些擦上了；屋内如淋急雨，所有人穿的新衣裳都是水渍；再看爸爸，他像老虎一样直望着我，哎哟，一根开花的小桃枝迎面飞去，正插在他梳得油光光的头发里。后来才知道被我打碎的是一尊祖传的乾隆官窑百蝶瓶，这简直是死罪！我坐在地上吓傻了，等候爸爸上来一顿狠狠的揪打。妈妈的神气好像比我更紧张，她一下抓不着办法救我，瞪大眼睛等待爸爸的爆发。

就在这生死关头，二姑忽然破颜而笑，拍着一双雪白的手说道：

"好啊，好啊，今年大吉大利，岁（碎）岁（碎）平安呀！哎，关老爷，干吗傻坐在地上？快起来，二姑还要看你耍大刀哪！"

谁知二姑这是使什么法术，绷紧的气势霎时就松开了。另一位姨婆马上应和说："旧的不去，新的不来，不除旧，不迎新。您等着瞧吧，今年非抱个大金娃娃不成，是吧！"她满脸欢笑朝我爸爸说，叫他应声。其他客人也一拥而上，说吉祥话，哄爸爸乐。

这些话平时根本压不住爸爸的火气，此刻竟有神奇的效力，迫使他不乐也得乐。过年乐，没灾祸。爸爸只得嘿嘿两声，点头说：

"啊，好、好、好……"

尽管他脸上的笑纹明显含着被克制的怒意，我却奇迹般地因此逃脱开一次严惩。妈妈对我丢了眼色，我立刻爬起来，拖着大刀，狼狈而逃。身后还响着客人们着意的拍手声、叫好声和笑声。

往后几天里，再有拜年的客人来，妈妈不再喊我，节目被取消了。我躲在自己屋里很少露面，那把大刀也掖在床底下，只是花脸依旧戴着，大概躲在这硬纸后边再碰到爸爸时有种安全感。每每从眼孔里望见爸爸那张阴沉含怒的脸，不再觉得自己是关老爷，而是个可怜虫了！

过了正月十五，大年就算过去了。我因为和妹妹争吃撤下来的祭灶用的糖瓜，被爸爸抓着腰提起来，按在床上死揍了一顿。我心里清楚，他是把打碎花瓶的罪过加在这件事上一起清算，因为他盛怒时，向我要来那把惹祸的大刀，用力折成段，大花脸也撕成碎片片。

从这事，我悟到一个祖传的观念：一年之中唯有过年这几天是孩子们的自由日，在这几天里无论怎样放胆去闹，也不会立刻得到惩罚。这便是所有孩子都盼望过年的缘故。当然，那被撕碎的花脸也提醒我，在这有限的自由里可得勒着点自己，当心事后加倍地算账。

书　架

人们大凡都是先有书，后有书架的；书多了，无处搁放，才造一个架子。我则不然。我仅有十多本书时，就有一个挺大、挺威风、挺华美的书架了。它原先就在走廊贴着墙放着，和人一般高，红木制的，上边有细致的刻花，四条腿裹着厚厚的铜箍。我只知是家里的东西，不知原先是谁用的，而且玻璃拉门一扇也没有了，架上也没有一本书，里边一层层堆的都是杂七杂八什么破布呀、旧竹篮呀、废铁罐呀、空瓶子呀等等，简直就是个杂货架子了。日久天长，还给尘土浓浓地涂了一层灰颜色，谁见了它都躲开走，怕沾脏了衣服，我从来也没想到它会与我有什么关系。只是年年入秋，我把那些大大小小的蟋蟀罐儿一排排摆在上边，起先放在最下边一层，随着身子长高而渐渐一层层向上移。

至于拿它当书架用，倒有一个特别的起因。

那是十一岁时，我到一个同学家里去玩儿，见到这同学的爷爷，一位皓首霜须、精神矍铄、性情豁朗的长者；他的房间里四壁都是书架，几乎瞧不见一块咫尺大小的空墙壁。书架上整整齐齐排满书籍。我感到这房间又神秘又宁静，而且莫测高深。这老爷爷一边轻轻捋着老山羊那样一缕梢头翘起的胡须，一边笑嘻嘻地和我说话，不知为什么，我这张平日挺能说话的嘴巴始终紧紧闭着，不敢轻易地张开。是不是在这位拥有万卷书的博知的长者面前，任何人都会自觉轻浅，不敢轻易开口呢？我可弄不清自己那冥顽混沌的少年时代的心理和想法，反正我回家后，就把走廊那大书架硬拖到我房间里，擦抹得干干净净，放在小屋最显眼的地方，然后把自己的宝贝书也都一本紧挨着一本立在上边。瞧，《敏豪生奇遇记》啦，《金银岛》啦，《说唐》啦，《祖母的故事》啦，《铁木儿和他的伙伴》啦……一时我觉得自己有点像同学家那老爷爷了，心里有种说不出的快感。遗憾的是，这些书总共不过十多本，放在书架上，显得可怜巴巴，好比在一个大院子里只栽上几棵花，看上去又穷酸又空洞。我就到爷爷妈妈、姐姐妹妹的房间里去搜罗，凡是书籍，不论什么内容，一把拿来放在我的书架上，惹得他们找不到就来和我吵闹。我呢，就像小人国的仆役，急于要塞饱格列佛的大肚囊那样，整天费尽心思和力气到处找书。大概最初我就是为了填满这大书架才去书店、遛书摊、逛书市的。我没有更多的钱，就把乘车、看电影和买冰棒的钱都省下来买了书。

到底从什么时候开始，我不再为了充实书架而买书，记不得了。我有过一种感觉：当许许多多好书挤满在书架上，书架就变得次要、不起色，甚至没什么意义了。我渐渐觉得还有一个硕大无比、永远也装不满的书架，那就是我自己。

> 从"凡是""不论""整天""到处"等词语中感受到"我"对充实书架充满热情！

> 从充实书架到充实自己，"我"有着深刻的反思能力，也表达了自己对知识的渴求。

人生滋味

此后，我就忙于填满自己这个"大书架"了。

书是无穷无尽的。一本本书就像一个个潮头，一页页书就像一片片浪花，书上的字便是一颗颗晶莹的水珠。它们汇成了海洋吗？那么你最多只是站立浪头的弄潮儿而已。大洋深处，有谁到过？有人买书，总偏于某一类。我却不然。两本内容完全是两个领域的书，看起来毫无关系，就像分处在太平洋和大西洋的两滴水珠，没有任何关联一样，但不知哪一天，出于一种什么机缘和需要，它俩也会倏然融成一滴。

这样，我的书就杂了。还有些绝版的、旧版的书，参差地竖立在书架上，它们带着不同时代的不同风韵气息，这一架子书所给我的精神享受也是无穷无尽的了。

一九六六年，正是我那书架的顶板上也堆满书籍时，却给骤然疾来的"红色狂飙"一扫而空。这大概也叫作"物极必反"吧！我被狂热无知的"小将"们逼着把书抱到当院，点火烧掉。那时，我居然还发明了一种焚烧精装书的办法。精装本是硬纸皮，平放烧不着，我就把书一本本立起来，扇状地打开，让一页页纸中间有空气，这样很快地就烧去书心，剩下一排熏黑的硬书皮立在地上。我这一项发明获得监视我烧书的"小将"的好感，免了一些戴纸帽、挨打和往脸上涂墨水的刑罚。

把"一本本书"比作"一个个潮头"，把"一页页书"比作"一片片浪花"，把"字"比作"水珠"，比喻精妙，构成排比，形象生动地写出了作者对浩瀚知识的感叹！同时，把读书的人比作"弄潮儿"，表示知识是无穷无尽的，学习也是永无止境的，再一次表达作者对知识的渴望。

从平静回忆自己如何烧精装书的情景，不仅可看出作者生活的智慧，也表明对那段不平凡的遭遇的刻骨铭心，以至于后来作者回忆起来觉得酸楚。但作者只字未提生活的困难，正像他所说："回忆不是痛苦的，而是寂寥人间一种暖意的安慰。"

书架空了，没什么用了，我又把它搬回到走廊上。这时，我已成家，就拿它放盐罐、油瓶、碗筷和小锅。它便变得油腻、污黑、肮脏，重新过起我少年时代之前那种被遗弃一旁的空虚荒废的生活。

有时，我的目光碰到这改做碗架的书架，心儿陡然会感到一阵酸楚与空茫。这感觉，只有那种思念起永别的亲人与挚友的心情才能相比。痛苦在我心里渐渐铸成一个决心：反正今后再不买书了。

生活真能戏弄人，有时好像成心和人较劲，它能改变你的命运，更不会把你的什么"决心"当作一回事。

最近几年，无数崭新的书出现在书店里。每当我站在这些书前，那些再版书就像久别的老朋友向我打招呼；新版书却像一个个新遇见的富于魅力的朋友朝我微笑点首。我竟忍不住取在手中，当手指肚轻轻抚过那光洁的纸面时，另一只手已经不知不觉地伸进口袋，掏出本来打算买袜子、买香烟、买橘子的钱来……

沾上对书的嗜好就甭想改掉。顺从这高贵而美好的嗜好吧！我想。

如今我那书架又用碱水擦净，铺上白纸，摆满油墨芳香四溢的新书，亭亭地立在我的房间里。我爱这一架新书。但我依旧怀念那一架旧书。世界上丢失的东西，有些可以寻找回

> 书架可谓"饱经风霜"：从货架到书架，再到碗架，最后又回到书架。作者的情感也在不断变化：从漠不关心到热情，到酸楚，再到珍惜。两条线并行，情节曲折，令人印象深刻！

人生滋味

来，有些却无从寻觅。但被破坏了的好的事物总要重新开始，就像我这书架……

省略号：意犹未尽，给人留下无尽的想象空间。

书 桌

我有张小小的书桌。它又窄又矮，破旧极了。在外人眼里简直不成样子。上边的漆成片地剥落下来，残余的漆色变得晦暗发黑，连我自己都认不准它最初是什么颜色。桌面又满是划痕、硬伤，还有热水杯烫成的一个个套起来的深深浅浅的白圈儿。它一边只有三个小抽屉，抽屉的把手早不是原套了。一个是从破箱子上移来的铜把手，另两个是后钉上去的硬木条。别看它这副模样，三十年来，却一直放在我的窗前，我房间透进光来的地方。我搬过几次家，换过几件家具，但从来没有想到处理掉它……

"这么难看还要它干吗?！要是我早劈掉生火了！"

"它又不实用。你这么大人将就这样一个小桌子，早晚得驼背！"

"你怎么就是不肯扔掉这破玩意儿。难道它是件宝？你说呀……"

我笑而不答。那淡淡的笑意里包含着任何知己都难以理解、难以体会到的一种，一种……一种什么呢？

没有共同的经历就不会有同感。有时，同感能发挥出非常奇妙的作用，它能成为两颗心相融的最短、最直接的通道。如果没有同感，说它做什么？还不如独自一人到树林里，踩着落叶，自己对自己默默地说它一阵子，排遣出来，倒是一种安慰。

人生滋味

我无法想起,究竟是什么时候,我开始使用这小桌的。我只模模糊糊记得,最初,我是站在它前面写写画画,而不是坐着。待我要坐下时,屁股下边必须垫上书包、枕头或一大叠画报,才够得上桌面……

记忆里,幼时的事,都是穿不成串儿的珠子。这珠子却在记忆的深井的底儿滴溜溜、闪闪发光地打转,很难抓住它们——

我把"人"字总误写成"入"字,就在这桌上吧!

我一排排地晾干弹弓子用的小泥球儿,就在这桌上吧!

我在小木板上钉钉子,就在这桌上吧!

对,就在这儿。桌面上原来有一块能够照见自己脸儿的光光的玻璃板,给我钉钉子时打碎了——这件事我可记得清清楚楚,为此我还挨爸爸一通好打呢!也许打得太疼,我才记得十分牢。但过后我却一点也不后悔。因为,从此我做过的、经历过的、经受过的许许多多的事,都在这没有玻璃板保护的桌面上留下了痕迹。

桌面上净是些小瘪坑。有的坑儿挺深,像个洞眼,蚂蚁爬到那儿,得停一下,迟疑片刻,最后绕过去……细细瞧吧,还满是划痕呢,横竖歪斜,有的深,如一道沟,有的轻浅,还有的比蛛丝还细。这细细的印痕,是不是当初刮铅笔尖留下的?那一条条长长的道道儿,是不是随意用指甲划上去的?那儿黑糊糊的一块儿,是不是过年做灯笼,烤弯竹条时碰倒了蜡烛烧的?分辨不清了,原因不明了,全搅在一起了;这中间还混着许多字迹,钢笔的、铅笔的、墨笔的,还有用什么硬东西刻上去的。也有画上去的形象,有的完整,有的破碎——一只靴子啦,枪啦,一张侧面脸啦,这是不是我的自画像?年深日久,早都给磨得模糊一片。

痕迹斑驳的桌面，有如一块风化得相当厉害、漫漶不清的碑石。

但我从中细心察辨，也能认出某些痕迹的来由，想起这里边包含着的只有我才知道的故事，并联想到与此有关或无关的、早已融进往昔岁月中的童年生活。

为此，我很少用湿布去拭抹它。

只有一次例外。那是我上小学四年级时。我前排坐着一个女同学，十分瘦弱。她年龄与我一般大，个子却比我矮一头。两条短短的黄辫儿，简直是两根麻绳头。一天，上语文课，我没听讲，却悄悄把眼前的两条黄辫子拴在这女同学的椅子背儿上。正巧老师叫她回答问题，她一起身，拴住的辫子扯得她头痛得大叫。我的语文老师姓李，瘦削的脸满是黑胡楂，连脸颊上都是。一副黑边的近视镜遮住他的眼神，使我头次见到他时以为他挺凶，其实他温和极了。他对我们调皮的忍耐限度比别的老师都大。但不知为什么，那天他好厉害，把我一把拉到课堂前，叫我伸出双手，狠狠打了十多板子。他真生气呢！气呼呼地直喘，什么话也说不出来了，只指着门瞪圆眼对我吼道："走！快走！"我离开了课堂，一路跑回家。我手疼倒没什么，但当众挨打受罚，我的自尊心受不了。于是，我眼泪汪汪地在桌上写了"李老师是狗"几个字。我写得那么痛快和解气，好像这几个字给我报了什么"仇"似的。这几个字就相当威风地在我桌上保留了好长时间。

在表的嘀嗒声中，在上下课的铃声中，在雨和雪轮番交替地敲打窗子声中，我长大起来，事也懂得多了。桌上那几个字却不那么神气了，反而怕被人瞧见，似乎成了一种不光彩甚至是耻辱的污迹，我带着一种说不清是对李老师还是对长大后再也遇不到的那个瘦弱的女同学的愧疚心情，用手巾尖儿蘸些水使劲把这几个字抹下去。

真奇怪！字儿抹掉了，好像心里干净了一些。

我上了中学，毕业了，参加了工作。我的许多事，写信、写文章、画画、吃东西，做的什么七零八碎的事都在这桌上，它一直伴随着我。

但它在我长大起来的身躯前，渐渐显得矮小，不合用了；而且用久了，愈来愈破旧，在后来买进来的新家具中间，显得寒碜和过时。它似乎老了，早完成了使命，在人世间物换星移的常规里等待着接受取代。

有一天我画画。画幅大，桌面小。不得不把一半画纸垂到桌下，先画铺在桌面上的一半；待画得差不多时，再拉上纸来画另一半。这样就很难照顾到画面的整体性，我画得那么别扭，真急了，止不住愤愤地骂道：

"真该死，这破桌子！"

它听着，不吭一声。等我画好了画儿，张挂起来，画面却意外地好。我十分快活，早把桌子忘在一旁。它呢，依然默默旁立。它就是这样与我为伴，好像我不抛掉它，它就一心而从无二意地跟随着我。是不是由于它仅仅是无生命的物品，我从未把它作为一只小猫、小鸟、小兔那样的伴侣？但是，小兔死了，小猫跑了，小鸟飞了，它却不声不响地有心地记下我生活中经历过的许多酸甜苦辣，并顺从地任我做任何有损于它的事。当一次，我听说自己遭遇不幸，是因为被一个多年来与我非常要好的朋友出卖时，我忍受不住，发疯似的猛地一拍桌面：

啪！

桌面上出现一条长长的裂缝；我那颗初入社会纯真的心上，也暗暗出现一条裂痕。它竟同我一样。

从此,我便不觉地爱护起它来了。

我有过一个女朋友。她是一只快乐的小鸟——那早晨站在沾着露水的枝头抖动翅膀、在阳光里飞来飞去、在烟囱上探头探脑的小鸟。她总笑。她整天似乎除去快乐什么也不知道。她在任何一群人中出现,都能极快地把快乐通过笑、通过活泼的目光、通过喜气洋洋的俊俏的小脸儿、通过率真的动作,传染给每一个人。我说她的快乐是照眼的、悦耳的、香喷喷的,是魔术。我称她为"快乐女神"。

她一双腿长长的,爱穿一条淡蓝色的短裙。她一进屋来,常常是一蹦就坐到小书桌上——这或许是她还带着些孩子气儿;或许她腿长,桌子矮,坐上去正合适。

我呢,过去吻她高矮也正好。我吻她,她不让。一忽儿把脸甩向左边,一忽儿又甩到右边,还调皮地笑着。她那光滑的短发像穗子一样在我笨拙的嘴唇上蹭来蹭去。

以后,由于挺复杂的原因,她终于说:"我们的爱没有物质土壤,幻想的种子连幻想也结不出来了。"这句话,她说了许多遍,一次比一次肯定,最后她无可奈何又断然地离去了。

稀奇的是,那快乐女神始终与我这哑巴桌子连在一起。每当我的目光碰到桌沿,就会幻觉出她当初坐在桌上的样子。浅蓝色的短裙扇状地铺开,一双直直又顺溜儿的长腿垂下来,两只小巧的脚交叉地别着。这时她那动听的笑声好似又在桌上的空间里发出来。

我需要记着的,这桌儿都给我记着了。而那女神与我临别时掉在桌上的泪滴,却一点痕迹也没留下。大概那不是泪,而是水滴。

桌上唯有一处大硬伤。那是——那天，一群穿绿服装、臂套红色袖章的男女孩子闯进我家来，每人拿一把斧头，说要"砸烂旧世界"。我被迫站在门口表示欢迎，并木然地瞅着他们在顷刻间，把我房间里的一切胡乱砸一通。其中有个姑娘，模样挺端正，但她的眼神叫我害怕。她不吵不闹，砸起东西来异乎寻常地细致。她在屋里转来转去，把尚且完整的东西翻出来，一件件、有条不紊地敲得粉碎。然后，她翻出我一本相册，把里面的照片一张张抽出来，全都撕成两半。她做这些事时，脸上没有任何表情。

她忽然把一张照片面对我，问：

"这是谁？"

这是我那"快乐女神"的。我说：

"一个朋友。"

她微微现出一种冷笑，一双秀气的眼睛直盯着我，两只白白的手把这照片撕成细小的碎片。我至今不明白，在那时为什么一些女孩子干这种事时，反比男孩子们干得更彻底、更狠心、更无情。相册中所有女人的照片——我姐姐、妻子、母亲的，她撕得尤其凶，"唰、唰、唰"地响。仿佛此刻她心里有什么受不了的情感折磨着她，迫使她这样做。

最后，她临去时，一眼瞥见我的书桌。大约这书桌过于破旧，开始时并没引起他们的兴趣。此刻在一堆碎物中间，反而惹眼了。她撇向一边的薄薄的唇缝里含着一种讥讽：

"你还有这么个破玩意儿！"

随手一斧子，正砍在桌角上，掉下一块挺大的木茬。

就这样，我过去生活的一切，无论是快乐和幸福的，还是忧愁和不幸的，都留在桌上了。哪怕我忘了，它也会无声地提醒我。

它就摆在我窗前。从窗子透进的光笼罩着它。我窗外是一棵大槐树的树冠。这树冠摇曳婆娑的影子总是和阳光一起投照在我这小小的桌面上。

每当这树冠的枝影间满是小小的黑点时，那是春天；黑点点儿则是大槐树初发的芽豆豆。这期间，偶尔还有一种俗名叫作"绿叶儿"的候鸟，在枝间伶俐地蹦跳的影子出现在桌面上。夏天来了，树影日浓，渐渐变成一块阴凉，密密实实地遮盖住我的小桌。等到那块厚厚的阴凉破碎了，透现出一些晃动着的阳光的斑点时，秋风还会把一两片变黄的叶子吹进窗；像几只金色的小船，落在我这如同无风的水面一般平光光的桌面上。随后该关窗子了，玻璃蒙上了薄薄的水蒸气。那片叶无存、光秃秃、只剩下枝丫的树影，便像一张朦胧模糊的大网，把我的小桌罩住……

我常常被这些情景弄得发呆。谁说它丑，它无用，它应当被丢弃？它有着任何华贵的物品都无法代替的风韵和诗意。在它的更深处，甚至还潜藏着思想。

尤其是在阴雨的日子里，乌云像拉上的厚帘子把窗户遮暗了，小桌变成黑影，很像一块浓雾里的礁石，黑黝黝的，沉默无语。忽然一道闪电把它整个照亮，它那桌面上反射着可怕的蓝

1971年的我一贫如洗，衣服的肘部破了，给妻子补了补丁，却常常感觉自己是个"富翁"（冯骥才）

色的电光。但在这一瞬间的强光里,它上边的一切痕迹都清晰地显现出来,留在这中间的往事一下子全都复活了……

我闭上眼,情愿被再现在幻觉中的往事深深地感动着。

我终于失去了它。

在地震中,塌落下来的屋顶把它压垮。我的孩子正好躲在桌下,给它保护住了生命。它才是真正地为我献出了一切呢!等我从废墟中把它找出来,只是一堆碎木板、木条和木块了。我请来一个能干的木匠,想把它复原。木匠师傅瞅着它,抽着烟,最后摇了摇头,并且莫名其妙地瞧了我一眼,显然他不明白我何以有此意图——又不是复原一件破损的稀世古物。

它就这样在我的生活中没了。

我需要书桌,只得另买一张。新买的桌子宽大、实用、漆得锃亮,高矮也挺合适。我每每坐在这崭新却陌生的大书桌前,就觉得过去的一切像那不能再生的书桌一样,烟消云散,虚无缥缈,再也无从抓住似的……

我因此感到隐隐的忧伤。不由得想起几句话,却想不起是谁说的了:

"啊,生活,你真迷人……哪怕是久已过去的,也叫人割舍不得;哪怕是不幸的,也渐渐能化为深沉的诗。"

捅马蜂窝

爷爷的后院小,除去堆放杂物,很少人去,里边的花木从不修剪,快长疯了!枝叶纠缠,阴影深浓,却是鸟儿、蝶儿、虫儿们生存和嬉戏的一片乐土,也是我儿时的乐园。我喜欢从那爬满青苔的湿漉漉的大树干上,取下一只又轻又薄的蝉衣,从土里挖出筷子粗肥大的蚯蚓,把团团飞舞的小蠓虫赶到蜘蛛网上去。那沉甸甸压弯枝条的海棠果,个个都比市场买来的大。这里,最壮观的要数爷爷窗檐下的马蜂窝了,好像倒垂的一只大莲蓬,无数金黄色的马蜂爬进爬出,飞来飞去,不知忙些什么,大概总有百十只之多,以至爷爷不敢开窗子,怕它们中间哪个冒失鬼一头闯进屋来。

"真该死,屋子连透透气儿也不能,哪天请人来把这马蜂窝捅下来!"奶奶总为这个马蜂窝生气。

"不行,要蜇死人的!"爷爷说。

"怎么不行?头上蒙块布,拿竹竿一捅就下来。"奶奶反驳道。

"捅不得,捅不得。"爷爷连连摇手。

我站在一旁,心里却涌出一种捅马蜂窝的强烈欲望。那多有趣!当我给这个淘气的欲望鼓动得难以抑制时,就找来妹妹,乘着爷爷午睡的当儿,悄悄溜到从走廊通往后院的小门口。我脱下褂子蒙住头顶,用扣上衣扣儿的前襟遮盖下半张脸,只露一双眼。又把两根竹竿接绑起来,作为捣毁马蜂窝的武器。我和妹妹约定好,她躲在门里,把住关口,待我捅下马蜂窝,赶紧开门放我进去,然后把门关住。

妹妹躲在门缝后边,眼瞧我这非凡而冒险的行动。我开始有些迟疑,最后还是好奇战胜了胆怯。当我的竿头触到蜂窝的一刹那,好像听到爷爷在屋内呼叫,但我已经顾不得别的,一些受惊的马蜂轰地飞起来,我赶紧用竿头顶住蜂窝使劲地摇撼两下,只听"嘡",一个沉甸甸的东西掉下来,跟着一团黄色的飞虫腾空而起,我扔掉竿子往小门那边跑,谁料到妹妹害怕,把门在里边插上,她跑了,将我关在门外。我一回头,只见一只马蜂径直而凶猛地朝我扑来,好像一架燃料耗尽、决心相撞的战斗机。这复仇者不顾一切而拼死的气势使我惊呆了。瞬间只觉眉心像被针扎似的剧烈地一疼,挨蜇了!我下意识地用手一拍,感觉我的掌心触到它可怕的身体。我吓得大叫,不知道谁开门把我拖到屋里。

当夜,我发了高烧。眉心处肿起一个枣大的疙瘩,自己都能瞧见。家里人轮番用醋、酒、黄酱、万金油和凉手巾把儿,也没能使我那肿疮迅速消下来。转天请来医生,打针吃药,七八天后才渐渐痊愈。这一下可不轻呢!我生病也没有过这么长时间,以至消肿后的几天里不敢到那通向后院的小走廊上去,生怕那些马蜂还守在小门口等着我。

过了些天,惊恐稍定,我去爷爷的屋子,他不在,隔窗看见他站在当院里,摆手召唤我去,我大着胆子去了。爷爷手指窗根处叫我看,原来是我捅掉的那个马蜂窝,却一只马蜂也不见了,好像一只丢弃的干枯的大莲蓬头。爷爷又指了指我的脚下,一只马蜂!我惊吓得差点叫起来,慌忙跳开。

"怕什么,它早死了!"爷爷说,"这就是蜇你的那只马蜂,可能被你那一拍，拍死的。"

仔细瞧，噢，原来是死的。仰面朝天躺在地上，几只黑蚂蚁在它身上爬来爬去。

"马蜂就是这样，你不惹它，它不蜇你。"爷爷说。

"那它干吗还要蜇我呢，这样它自己不也完了吗？"

"你毁了它的家——那是多大一个家呀！它当然要跟你拼命的！"爷爷说。

我听了心里暗暗吃惊。一只小虫竟有这样的激情和勇气。低头再瞧瞧那只马蜂，微风吹着它，轻轻颤动，好似活了一般。我不禁想起那天它朝我猛扑过来时那副视死如归的架势，与毁坏它们生活的人拼出一切，真像一个英雄……我面对这壮烈牺牲的小飞虫的尸体，似乎有种罪孽感沉重地压在我的心上。

那一窝马蜂呢，被我扰得无家可归的一群呢，它们还会不会回来重建家园？我甚至想用胶水把那只空空的蜂窝粘上去。

这一年，我经常站在爷爷的后院里，始终没有等来一只马蜂。

转年开春，有两只马蜂飞到爷爷的窗檐下，落到被晒暖的木窗框上，然后还在过去的旧巢的残迹上爬了一阵子，跟着飞去而不再来。空空又是一年。

第三年，风和日丽之时，爷爷忽叫我抬头看，隔着窗玻璃看见窗檐下几只赤黄色的马蜂忙来忙去。在这中间，我忽然看到，小巧的、银灰色的第一间蜂窝已经筑成了。

于是，我和爷爷面对面开颜而笑，笑得十分舒心。我不由得暗暗告诉自己，再不做一件伤害旁人的事。

哦，中学时代……

人近中年，常常懊悔青少年时由于贪玩或不明事理，滥用了许多珍贵的时光。想想我的中学时代，我可算是个名副其实的"玩将"呢！下棋、画画、打球、说相声、钓鱼、掏鸟窝等，玩的花样可多哩。

我还喜欢文学。我那时记忆力极好，虽不能"过目成诵"，但一首律诗念两遍就能吭吭巴巴背下来。也许如此，就不肯一句一字细嚼慢咽，所记住的诗歌常常不准确。我还写诗，自己插图，这种事有时上课做。一心不能二用，便听不进老师在讲台上讲些什么了。

我的语文老师姓刘，他的古文底子颇好，要求学生分外严格，而严格的老师往往都是不留情面的。他那双富有捕捉力的目光，能发觉任何一个学生不守纪律的行动。瞧，这一次他发现我了。不等我解释就没收了我的诗集。晚间他把我叫去，将诗集往桌上一拍，并不指责我上课写诗，而是说："你自己看看里边有多少错？这都是不该错的地方，上课我全都讲过了！"

他的神色十分严厉，好像很生气。我不敢再说什么，拿了诗集离去。后来，我带着那么本诗集，也就是那些对文学浓浓的兴趣和经不住推敲的知识离开学校，走进社会。

社会给了我更多的知识。但我时时觉得，我离不开，甚至必须经常使用青少年时学到的知识，由此感到那知识贫薄、残缺、有限。有时，在严厉的编辑挑出来许许多多的错别字、病句或误用的标点符号时，只好窘笑。一次，我写了篇文章，引了一首古诗，我自以为记性颇好，没有核对原诗，结果收到一位读者客气又认真的来信，指出错处。我知道，不是自己的记性差了，而是当初记得不认真。这时我就生出一种懊悔的心情，恨不得重新回到中学时代，回到不留情面的刘老师身边，在那个时光充裕、头脑敏捷的年岁里，纠正记忆中所有的错误，填满知识的空白，把那些由于贪玩而荒废掉的时光，都变成学习和刻苦努力的时光。哦，中学时代，多好的时代！

当然，这是一种梦想。谁也不能回到过去。只有抓住自己的今天、自己的现在，才是最现实的。而且我还深深地认识到，青年时以为自己光阴无限，很少有时间的紧迫感。如果你正当年少，趁着时光正在煌煌而亲热地围绕着你，你就要牢牢抓住它。那么，你就有可能把这时光变成希望的一切。如果这样做了，你长大不仅会做出一番成就，而且会成为一个真正懂得生命价值的人！

白　发

人生入秋，便开始被友人指着脑袋说：

"呀，你怎么也有白发了？"

听罢笑而不答。偶尔笑答一句："因为头发里的色素都跑到稿纸上去了。"

就这样，嘻嘻哈哈、糊里糊涂地翻过了生命的山脊，开始渐渐下坡来。或者再努力，往上登一登。

对镜看白发，有时也会认真起来：这白发中的第一根是何时出现的？为了什么？思绪往往会超越时空，一下子回到了少年时——那次同母亲聊天，母亲背窗而坐，窗子敞着，微风无声地轻轻扰动母亲的头发，忽见母亲的一根头发被吹立起来，在夕照里竟然银亮银亮，是一根白发！这根细细的白发在风里柔弱摇曳，却不肯倒下，好似对我召唤。我第一次看见母亲的白发，第一次强烈地感受到母亲也会老，这是多可怕的事啊！我禁不住过去扑在母亲怀里。母亲不知出了什么事，问我，用力想托我起来，我却紧紧抱住母亲，好似生怕她离去……事后，我一直没有告诉母亲这究竟为了什么。最浓烈的感情难以表达出来，最脆弱的感情只能珍藏在自己心里。如今，母亲已是满头白发，但初见她白发的感受却深刻难忘。那种人生感，那种凄然，那种无可奈何，正像我们无法把地上的落叶抛回树枝上去……

妻子把一小酒盅染发剂和一支扁头油画笔拿到我面前，叫我帮她染发。我心里一动，怎么，我们这一代生命的森林也开始落叶了？我瞥一眼她的头发，笑道："不过两三根白头发，也要这样小题大做？"可是待我用手指撩开她的头发，我惊讶了，在这黑黑的头发里怎么会埋藏这么多的白发！我竟如此粗心大意，至今才发现才看到。也正是由于这样多的白发，才迫使她动用这遮掩青春衰退的颜色。可是她明明一头乌黑而清香的秀发呀，究竟怎样一根根悄悄变白的？是在我不停歇的忙忙碌碌中、侃侃而谈中，还是在不舍昼夜的埋头写作中？是那些年在大地震后寄人篱下的含辛茹苦的生活所致？是为了我那次重病内心焦虑而催白的？还是那件事……几乎伤透了她的心，一夜间骤然生出这么多白发？

黑发如同绿草，白发犹如枯草；黑发像绿草那样散发着生命诱人的气息，白发却像枯草那样晃动着刺目的、凄凉的、枯竭的颜色。我怎样做才能还给她一如当年那一头美丽的黑发？我急于把她所有变白的头发染黑。她却说：

"你是不是把染发剂滴在我头顶上了？"

我一怔，赶忙用眼皮噙住泪水，不叫它再滴落下来。

一次，我把剩下的染发剂交给她，请她也给我的头发染一染。这一染，居然年轻许多！谁说时光难返，谁说青春难再，就这样我也加入了用染发剂追回岁月的行列。

谁知染发是件愈来愈艰难的事情。不仅日日增多的白发需要加工，而且这时才知道，白发并不是由黑发变的，它们是从走向衰老的生命深处滋生出来的。当染过的头发看上去一片乌黑青黛，它们的根部又齐刷刷冒出一茬雪白。任你怎样去染，去遮盖，它还是茬茬涌现。人生的秋天和大自然的春天一样顽强。挡不住的白发啊！

人生滋味

　　开始时精心细染，不肯漏掉一根。但事情忙起来，没有闲暇染发，只好任由它花白。染又麻烦，不染难看，渐而成了负担。

　　这日，邻家一位老者来访。这老者阅历深，博学，又健朗，鹤发童颜，很有神采。他进屋，正坐在阳光里。一个画面令我震惊——他不单头发通白，连胡须眉毛也一概全白；在强光的照耀下，蓬松柔和，光明透澈，亮如银丝，竟没有一根灰黑色，真是美极了！我禁不住说，将来我也修炼出您这一头漂亮潇洒的白发就好了，现在的我，染和不染，成了两难。老者听了，朗声大笑，然后对我说：

　　"小老弟，你挺明白的人，怎么在白发面前糊涂了？孩童有稚嫩的美，青年有健旺的美，你有中年成熟的美，我有老来冲淡自如的美。这就像大自然的四季——春天葱茏，夏天繁盛，秋天斑斓，冬天纯净。各有各的美感，各有各的优势，谁也不必羡慕谁，更不能模仿谁，模仿必累，勉强更累。人的事，生而尽其动，死而尽其静。听其自然，对！所谓听其自然，就是到什么季节享受什么季节。哎，我这话不知对你有没有用，小老弟？"

　　我听罢，顿觉地阔天宽，心情快活。摆一摆脑袋，头上华发来回一晃，宛如摇动一片秋光中的芦花。

时 光

一岁将尽,便进入一种此间特有的情氛中。平日里奔波忙碌,只觉得时间的紧迫,很难感受到时光的存在。时间属于现实,时光属于人生。然而到了年终时分,时光的感觉乍然出现。它短促、有限、性急,你在后边追它,却始终抓不到它飘举的衣袂。它飞也似的向着年的终点扎去。等到你真的将它超越,年已经过去,那一大片时光便留在过往不复的岁月里了。

今晚突然停电,摸黑点起蜡烛。烛光如同光明的花苞,宁静地浮在漆黑的空间里;室内无风,这光之花苞便分外优雅与美丽;些许的光散布开来,朦胧依稀地勾勒出周边的事物。没有电就没有音乐相伴,但我有比音乐更好的伴侣——思考。

可是对于生活最具悟性的,不是思想者,而是普通大众。比如大众俗语中,把临近年终这几天称作"年根儿",多么贴切和形象!它叫我们顿时发觉,一棵本来是绿意盈盈的岁月之树,已被我们消耗殆尽,只剩下一点点根底。时光竟然这样地紧迫、拮据与深浓……

一下子,一年里经历过的种种事物的影像全都重叠地堆在眼前。不管这些事情怎样庞杂与艰辛、无奈与突兀,我更想从中找到自己的足痕。从春天落英缤纷的京都退藏院到冬日小雨空蒙的雅典德尔菲遗址;从重庆荒芜的红卫兵墓到津南那条神奇的蛤蜊

堤；从一个会场到另一个会场，一个活动到另一个活动……究竟哪一些足迹至今清晰犹在，哪一些足迹杂沓模糊甚至早被时光干干净净一抹而去？

我瞪着眼前的重重黑影，使劲看去。就在烛光散布的尽头，忽然看到一双眼睛正直对着我。目光冷峻锐利，逼视而来。这原是我放在那里的一尊木雕的北宋天王像。然而此刻他的目光却变得分外有力。他何以穿过夜的浓雾，穿过漫长的八百年，锐不可当、拷问似的直视着任何敢于朝他瞧上一眼的人？显然，是由于八百年前那位不知名的民间雕工传神的本领、非凡的才气；他还把一种阳刚正气和直逼邪恶的精神注入其中。如今那位无名雕工早已了无踪影，然而他那令人震撼的生命精神却保存下来。

在这里，时光不是分毫不曾消逝吗？

植物死了，把它的生命留在种子里；诗人离去，把他的生命留在诗句里。

时光对于人，其实就是生命的过程。当生命走到终点，不一定消失得没有痕迹，有时它还会转化为另一种形态存在或再生。母与子的生命转换，不就在延续着整个人类吗？再造生命，才是最伟大的生命奇迹。而此中，艺术家们应是最幸福的一种。唯有他们能用自己的生命去再造一个新的生命。小说家再造的是代代相传的人物；作曲家再造的是他们那个可以听到的迷人而永在的灵魂。

此刻，我的眸子闪闪发亮，视野开阔，房间里的一切艺术珍品都一点点地呈现。它们不是被烛光照亮，而是被我陡然觉醒的心智召唤出来的。

其实我最清晰和最深刻的足迹，应是书桌下边，水泥地面上那两个被自己的双足磨成的浅坑。我的时光只有被安顿在这里，它才不会消失,而被我转化成一个个独异又鲜活的生命,以及一行行永不褪色的文字。然而我一年里曾把多少时光抛入尘嚣,或是支付给种种一闪即逝的虚幻的社会场景。甚至有时属于自己的时光反成了别人的恩赐。检阅一下自己创造的人物吧,掂量他们的寿命有多长。艺术家的生命是用他艺术的生命计量的。每个艺术家都有可能达到永恒,放弃掉的只能是自己。是不是?

迎面那宋代天王瞪着我,等我回答。

我无言以对,尴尬到了自感狼狈。

忽然,电来了,灯光大亮,事物通明,恍如更换天地。刚才那片幽阔深远的思想世界顿时不在,唯有烛火空自燃烧,显得多余。再看那宋代的天王像,在灯光里仿佛换了一个神气,不再那样咄咄逼人了。

我也不用回答他,因为我已经回答自己了。

除夕情怀

除夕是一年最后一天，最后一个夜晚，是一岁中剩余的一点短暂的时间。时光是留不住的，不管我们怎么珍惜它，它还是一天天在我们的身边烟消云散。古人不是说过"黄金易得，韶光难留"吗？所以在这一年最后的夜晚，要用"守岁"——也就是不睡觉，眼巴巴守着它，来对上天恩赐的岁月时光以及眼前这段珍贵的生命时间表示深切的留恋。

除夕是中国人最具生命情感的日子。所以此时此刻一定要和与自己有着血缘关系的亲人团聚一起。首先是生养自己的父母。陪伴老人过年，有如依偎着自己生命的根与源头，再有便是和同一血缘的一家人枝叶相拥，温习往昔，尽享亲情。记得有人说："过年不就是一顿鸡鸭鱼肉的年夜饭吗？现在天天鸡鸭鱼肉，年还用过吗？"其实过年并不是为了那一顿美餐，而是团圆。只不过先前中国人太穷，便把平时稀罕的美食当作一种幸福，加入到这个人间难得的团聚中。现在鸡鸭鱼肉司空见惯了，团圆却依然是人们的愿望、年的主题。腊月里到火车站或机场去看看声势浩大的春运吧。世界上哪个国家会有一亿人同时返乡，都要在除夕那天赶回家去？他们到底为了吃年夜饭还是为了团圆？

此刻，我想起关于年夜饭的一段往事——

一年除夕，家里筹备年夜饭，妻子忽说："哎哟，还没有酒呢。"我说:"我忙的都是什么呀,怎么把最要紧的东西忘了!"

酒是餐桌上的仙液。这一年一度的人间的盛宴哪能没有酒的助兴、没有醉意?我忙披上棉衣,围上围巾,蹬上自行车去买酒。家里人平时都不喝酒,一瓶葡萄酒——哪怕是果酒也行。

车行街上,天完全黑了,街两旁高高低低的窗子都亮着灯。一些人家开始吃年夜饭了,性急的孩子已经噼噼啪啪点响鞭炮。但是商店全上了门板,无处买酒,我却不死心,无论如何也不能让这顿年夜饭没有酒。车子一路骑下去,一直骑到百货大楼后边那条小街上,忽见道边一扇小窗亮着灯,里边花花绿绿,分明是个家庭式的小杂货铺。我忙跳下车,过去扒窗一瞧,里边的小货架上天赐一般摆着几瓶红红的果酒,大概是玫瑰酒吧。踏破铁鞋终于找到它了!我赶紧敲窗玻璃,里边出现一张胖胖的老汉的脸,他不开窗,只朝我摇手;我继续敲窗,他隔窗朝我叫道:"不卖了,过年了。"我一急,对他大叫:"我就差一瓶酒了!"谁料他听罢,怔了一下,唰地拉开小小的窗子,里边热乎乎混着炒菜味道的热气扑面而来,跟着一瓶美丽的红酒梦幻般地摆在我的面前。

我付了钱,对他千恩万谢之后,把酒揣在怀里贴身的地方,我怕把酒摔了,然后飞快地一口气骑车到家。刚才把酒揣进怀里时酒瓶很凉,现在将酒从怀间抽出时,光溜溜的酒瓶竟被身体焐得很温暖。

当晚这瓶廉价的果酒把一家人扰得热乎乎的,我却还在感受着刚才那位老汉把酒"啪"地放在我面前的感觉。他怎么知道我为年夜饭缺一瓶酒时急切的心情?很简单——因为那是人们共有的年的情怀。

于是我又想起,一年的年根在火车站上。车厢里人满为患,连走道上也人贴着人地站着。从车门根本挤不上去,有人就从车

窗往里爬。我看见一个年轻人,半个身子已经爬进车窗,车里的熟人往里拉他,站台上工作人员往外拽他。双方都在使劲,这年轻人拼命地往车里挣扎。就在这时候,忽然站台上的人不拉了,反倒笑嘻嘻把他推上去。我想,要是在平时,站台的工作人员决不会把他推上去,但此时此刻为什么这样做?为了帮他回家过年。

年,真的是太美好的节日、太好的文化了。在这种文化氛围里,人们无须沟通,彼此心灵相印。正为此,除夕之夜千家万户燃起的烟花,才在寒冷的夜空中交相辉映,呈现出普天同庆的人间奇观。也正为此,那风中飘飞的吊钱,大门上斗大的"福"字,晶莹的饺子,感恩天地与先人的香烛,风雪沙沙吹打的灯笼和人人从心中外化出来的笑容,才是这除夕之夜最深切的记忆。

除夕是中国人用共同的生活理想创造出来——并以各自的努力实现的现实。

马年的滋味

龙年颂龙，猴年夸猴，牛年赞牛，马年呢？友人说，你脱脱俗套说点真实的吧，你属马，也最知马年的滋味。

我回头一看，倏忽已过了五个马年。咀嚼一下，每个本命年的滋味竟然全不一样。

我的第一个马年是一九四二年，我出生。本来母亲先怀一个孩子，不料小产了，不久就怀上我，倘若那孩子——据说也是个男孩子——"地位稳固"，便不会有我。我的出生乃是一种幸中之幸。第一个马年里我一落地，就是匹幸运之马。

第二个马年是一九五四年，我十二岁。这一年天下太平。世界上没有大战争，吾国没有政治运动。我一家人没病没灾没祸没有意外的不幸。今天回忆起那个马年来，每一天都是笑容。我则无忧无虑地踢球、钓鱼、捉蟋蟀、爬房、画画、钻到对门大院内去偷摘苹果。并且第一次感觉到邻桌的女孩有种动人的香味。这个马年我是快乐之马。

第三个马年是一九六六年，我二十四岁。这年大地变成大海。黑风白浪，翻天覆地。我的家被红卫兵占领四十天，占领者每人执一木棒或铁棍，将我的一切，包括我的理想与梦想全都淋漓尽致地捣了个粉碎。那一年我看到了生活的反面、人的负面，并发现只有漆黑的夜里才是最安全的。我还有三分钟的精神错

乱。这个马年我是受难之马。

第四个马年是一九七八年,我三十六岁。这一年我住在北京的人民文学出版社里写小说。第一次拿到了散发着油墨香味的自己的书《义和拳》。但我真正走进文学还是因为投入了当时思想解放的洪流。到处参加座谈会,每个会都是激情洋溢,人人发言都有耀眼的火花。那是个热血沸腾的时代。作家们都为自己的思想而写作。我"胆大妄为"地写了"伤痕文学"《铺花的歧路》。这小说原名叫《创伤》,由于书稿在人民文学出版社引起激烈争论,误了发表,而卢新华的《伤痕》出来了,便改名为《铺花的歧路》。这情况直到十一月才有转机。一是由于茅盾先生表示对我的支持,二是被李小林要走,拿到刚刚复刊的《收获》上发表。我便一下子站到当时文学的"风口浪尖"上。这一个马年对于我,是从挣扎之马到脱缰之马。

第五个马年是一九九〇年,我四十八岁。我的创作出现困顿,无人解惑,便暂停了写作。打算理一理自己的脑袋,再走下边的路。在迷惘与焦灼中重拾画笔,却意外地开始了阔别久矣的绘画生涯。世人不知我的"前身"为画家,吃惊于我;我却不知这些年竟积累了如此深厚的人生感受,万般情境,挥笔即来,我也吃惊于自己。在艺术创作中最美好的感觉莫过于叫自己吃惊。于是发现,稿纸之外还有一片无涯的天地,心情随之豁然。这一年的我,可谓突围之马。

回首五个马年才知,这马年的滋味,酸甜苦辣,驳杂种种。何况本命年只是人生的驿站。各站之间长长的十二年的征程中,还有说不尽的曲折婉转。我不知别人的本命马年是何滋味,反正人生况味,都是五味俱全。五味之中,苦味为首。那么,在这个将至的马年里,我这匹马又该如何?

前几天,请友人治印两方,皆属闲文。一方是"一甲子",一方是"老骥"。这"老骥"二字,不过是乘一时之兴,借用曹操的诗,以寓志在千里罢了。可是反过来,我又笑自己不甘寂寞,总用种种近忧远虑来折磨自己。看来这一年我注定是奔波之马了。

日 历

我喜欢用日历，不用月历。为什么？

厚厚一本日历是整整一年的日子。每扯下一页，它新的一页——光亮而开阔的一天便笑嘻嘻地等着我去填满。我喜欢日历每一页后边的"明天"的未知，还隐含着一种希望。"明天"乃是人生中最富魅力的字眼儿。生命的定义就是拥有明天。它不像"未来"那么过于遥远与空洞。它就守候在门外。走出了今天便进入了全新的明天。白天和黑夜的界线是灯光；明天与今天的界线还是灯光。每一个明天都是从灯光熄灭时开始的。那么明天会怎样呢？当然，多半还要看你自己的。你快乐它就是快乐的一天，你无聊它就是无聊的一天，你匆忙它就是匆忙的一天；如果你静下心来就会发现，你不能改变昨天，但你可以决定明天。有时看起来你很被动，你被生活所选择，其实你也在选择生活，是不是？

每年元月元日，我都把一本新日历挂在墙上。随手一翻，光溜溜的纸页花花绿绿滑过手

> 不喜欢一目了然的月历，而喜欢日历，这究竟是什么原因呢？

> 作者喜欢日历的原因之一：日历隐含着希望。

心，散发着油墨的芬芳。这一刹那我心头十分快活。我居然有这么大把大把的日子！我可以做多少事情！前边的日子就像一个个空间，生机勃勃，宽阔无边，迎面而来。我发现时间也是一种空间。历史不是一种空间吗？人的一生不是一个漫长又巨大的空间吗？一个个"明天"，不就像是一间间空屋子吗？那就要看你把什么东西搬进来。可是，时间的空间是无形的，触摸不到的。凡是使用过的日子，立即就会消失，抓也抓不住，而且了无痕迹。也许正是这样，我们便会感受到岁月的匆匆与虚无。

有一次，一位很著名的表演艺术家对我讲她和她的丈夫的一件事。她唱戏，丈夫拉弦。他们很敬业。天天忙着上妆上台，下台下妆，谁也顾不上认真看对方一眼，几十年就这样过去了。一天老伴忽然惊讶地对她说："哎哟，你怎么老了呢！你什么时候老的呀？我一直都在你身边怎么也没发现哪！"她受不了老伴脸上那种伤感的神情。她就去做了美容，除了皱，还除去眼袋。但老伴一看，竟然流下泪来。时针是从来不会逆转的。倒行逆施的只有人类自己的社会与历史。于是，光阴岁月，就像一阵阵呼呼的风或是闪闪烁烁的流光；它最终留给你的只有无奈而频生的白发和消耗中日见衰弱的身躯。为此，你每扯去一页用过的日历时，是不是觉得有点像扯掉一个生命的页码？

令人深思。时光啊，时光！

我不能天天都从容地扯下一页。特别是忙碌起来，或者从什么地方开会、活动、考察、访问归来，看见几页或十几页过往的日子挂在那里，黯淡、沉寂和没用；被时间掀过的日历好似废纸。可是当我把这一叠用过的日子扯下来，往往不忍丢掉，而把它们塞在书架的缝隙或夹在画册中间，就像从地上拾起的落叶。它们是我生命的落叶！

别忘了，我们的每一天都曾经生活在这一页一页的日历上。

记得一九七六年唐山大地震那天，我所住的长沙路思治里12号那个顶层上的亭子间被彻底摇散、震毁。我一家三口像老鼠那样找一个洞爬了出来。当我双腿血淋淋地站在洞外，那感觉真像从死神的指缝里侥幸地逃脱出来。转过两天，我向朋友借了一架方形铁盒子般的海鸥牌相机，爬上我那座狼咬狗啃废墟般的破楼，钻进我的房间——实际上已经没有屋顶。我将自己命运所遭遇的惨状拍摄下来，我要记下这一切。我清楚地知道这是我个人独有的经历。这时，突然发现一堵残墙上居然还挂着日历——那蒙满灰土的日历的日子正是地震那一天：1976年7月28日，星期三，丙辰年七月初二。我伸手把它小心地扯下来。如今，它和我当时拍下的照片，已经成了我个人生命史刻骨铭心的珍藏了。

> 作者喜欢日历的原因之二：日历让作者思考如何珍惜时间。

> 唐山大地震发生在凌晨，这是迄今为止世界地震史上最悲惨的时刻之一。城市顷刻被夷为平地，死伤无数，损失惨重。

> 从"像老鼠""血淋淋""从死神的指缝里侥幸地逃脱""惨状"等描述中可以感受到作者所遭遇的不平凡的经历。从"彻底""废墟般的破楼""残墙"等词语中可以感受到这次地震所带来的灾难。

> 对作者来说，"日历"承载着刻骨铭心的记忆，意味着生命的确证，难怪他这么喜欢。

由此，我懂得了日历的意义。它原是我们生命忠实的记录。从"隐形写作"的含义上说，日历是一本日记。它无形地记载我每一天遭遇的、面临的、经受的，以及我本人的应对与所作所为，还有改变我的和被我改变的。

然而人生的大部分日子是重复的——重复的工作与人际，重复的事物与相同的事物都很难被记忆。所以我们的日历大多页码都黯淡无光。过后想起来，好似空洞无物。于是，我们就碰到一个非常重要的关于人的话题——记忆。人因为记忆而厚重、智慧和变得理智。更重要的是，记忆使人变得独特。因为记忆排斥平庸。记忆的事物都是纯粹而深刻个人化的。所有个人都是一个独特的"个案"。记忆很像艺术家，潜在心中，专事刻画我们自己的独特性。你是否把自己这个"独特"看得很重要？广义上说，精神事物的真正价值正是它的独特性。无论是一个人，还是一种文化。记忆依靠载体。一个城市的记忆留在它历史的街区与建筑上，一个人的记忆在他的照片上、物品里、老歌老曲中，也在日历上。

然而，人不能只是被动地被记忆，我们还要用行为去创造记忆。我们要用情感、忠诚、爱心、责任感，以及创造性的劳动去书写每一天的日历。把这一天深深嵌入记忆里。我们不是有能力使自己的人生丰富、充实以及具有深度和分量吗？

所以我写过：

"生活就是创造每一天。"

我还在一次艺术家的聚会中说：

"我们今天为之努力的，都是为了明天的回忆。"

为此，每每到了一年最后的几天，我都是不肯再去扯日历。我总把这最后几页保存下来。这可能出于生命的本能。我不愿意

把日子花得净光。你一定会笑我,并问我这样就能保存住日子吗?我便把自己在今年日历的最后一页上写的四句诗拿给你看:

　　岁月何其速,
　　哎呀又一年;
　　花叶全无迹,
　　存世唯诗篇。

"生活就是创造每一天。""我们今天为之努力的,都是为了明天的回忆。"

　　正像保存葡萄最好的方式是把葡萄变为酒,保存岁月最好的方式是把岁月变为永存的诗篇或画卷。
　　现在我来回答文章开始时那个问题:为什么我喜欢日历?因为日历具有生命感。或者说日历叫我随时感知自己的生命并叫我思考如何珍惜它。

　　用浅显的把葡萄变成酒的比喻,形象地写出了保存时光的方式。

　　自问自答,明确喜欢日历的又一个原因:日历让作者感到生命的意义。喜欢的理由层层深入。

　　掩卷沉思:我们该如何感知自己的生命?以何种方式珍惜自己的生命?

母亲百岁记

留在昔时中国人记忆里的,总有一个挂在脖子上、小小而好看的长命锁。那是长辈请人用纯银打制的,锁下边坠着一些精巧的小铃,锁上边刻着四个字:长命百岁。这四个字是世世代代对一个新生儿最美好的祝福,一种极致的吉祥话语,一种遥不可及的人间想望,然而从来没想到它能在我亲人的身上实现。天竟赐我这样的洪福!

天下有多少人能活到三位数?谁能让自己的生命装进去整整一个世纪的岁久年长?

我骄傲地说——我的母亲!

过去,我不曾有过母亲百岁的奢望。但是在母亲过九十岁生日的时候,我萌生出这种浪漫的痴望。太美好的想法总是伴随着隐隐的担忧。我和家人们嘴里全不说,却都分外用心照料她,心照不宣地为她的百岁目标使劲了。我的兄弟姐妹多,大家各尽其心,又都彼此合力,第三代的孙男娣女也加入进来。特别是母亲患病时,那是我们必须一起迎接的挑战。每逢此时,我们就像一支训练有素的球队,凭着默契的配合和倾力倾情,赢下一场场"赛事"。母亲多经磨难,父亲离去后,更加多愁善感;多年来为母亲消解心结已是我们每个人都擅长的事。我无法知道这些年为了母亲的快乐与健康,我们手足之间反反复复通了多少电话。

然而近年来，当母亲生日我们笑呵呵聚在一起时，也都是满头花发。小弟已七十，大姐都八十了。可是在母亲面前，我们永远是孩子。人只有岁数大了，才会知道做孩子的感觉多珍贵多温馨。谁能像我这样，七十五岁了还是儿子；还有身在一棵大树下的感觉，有故乡、故土和家的感觉；还能闻到只有母亲身上才有的深挚的气息。

人生很奇特。你小时候，母亲照料你保护你，每当有外人敲门，母亲便会起身去开门，决不会叫你去。可是等到你成长起来，母亲老了，再有外人敲门时，去开门的一定是你；该轮到你来呵护母亲了，人间的角色自然而然地发生转变，这就是美好的人伦与人伦的美好。母亲从九十一、九十二、九十三……一步步向前走。一种奇异的感觉出现了，我似乎觉得母亲愈来愈像我的女儿，我要把她放在手心里，我要保护她，叫她实现自古以来人间最瑰丽的梦想——长命百岁！

母亲住在弟弟的家。我每周二、五下班之后一定要去看她，雷打不动。母亲知我忙，怕我担心她的身体，这一天她都会提前洗脸擦油，拢拢头发，提起精神来，给我看。母亲兴趣多多，喜欢我带来的天南地北的消息，我笑她"心怀天下"。她还是个微信老手，天天将亲友们发给她的美丽的图片和有趣的视频转发他人。有时我在外地开会时，会忽然收到她的微信："儿子，你累吗？"可是，我在与她一边聊天时，还是要多方"刺探"她身体存在哪些小问题和小不适，我要尽快为她消除。我明白，保障她的身体健康是我首要的事。就这样，那个浪漫又遥远的百岁的目标渐渐进入眼帘了。

到了去年，母亲九十九周岁。她身体很好，身体也有力量，想象力依然活跃，我开始设想来年如何为她庆寿时，她忽说："我明年不过生日了,后年我过一百零一岁。"我先是不解,后来才明白,"百岁"这个日子确实太辉煌,她把它看成一道高高的门槛了,就像跳高运动员面对的横杆。我知道,这是她本能的对生命的一种畏惧,又是一种渴望。于是我与兄弟姐妹们说好,不再对她说百岁生日,不给她压力,等百岁那天来到自然就要庆贺了。可是我自己的心里也生出了一种担心——怕她在生日前生病。

果然,担心变成了现实,就在她生日前的两个月突然丹毒袭体,来势极猛,发冷发烧,小腿红肿得发亮,这便赶紧送进医院,打针输液,病情刚刚好转,旋又复发,再次入院,直到生日前三日才出院,虽然病魔赶走,然而一连五十天输液吃药,伤了胃口,变得体弱神衰,无法庆贺寿辰。于是兄弟姐妹大家商定,百岁这天,轮流去向她祝贺生日,说说话,稍坐即离,不叫她劳累。午餐时,只由我和爱人、弟弟,陪她吃寿面。我们相约依照传统,待到母亲身体康复后,一家老小再为她好好补寿。

尽管在这百年难逢的日子里,这样做尴尬又难堪,不能尽大喜之兴,不能让这人间盛事如花般盛开,但是今天——

母亲已经站在这里——站在生命长途上一个用金子搭成的驿站上了。一百年漫长又崎岖的路已然记载在她生命的行程里。她真了不起,一步跨进了自己的新世纪。此时此刻我却仍然觉得像是在一种神奇和发光的梦里。

故而,我们没有华庭盛筵,没有四世同堂,只有一张小桌,几个适合母亲口味的家常小菜,一碗用木耳、面筋、鸡蛋和少许嫩肉烧成的拌卤,一点点红酒,无限温馨地为母亲举杯祝贺。母亲今天没有梳妆,不能拍照留念,我只能把眼前如此珍贵的画面记在心里。母亲还是有些衰弱,只吃了七八根面条,一点绿色的菠菜,饮小半口酒。但能与母亲长久相伴下去就是儿辈莫大的幸

福了。我相信世间很多人内心深处都有这句话。

此刻,我愿意把此情此景告诉给我所有的朋友与熟人,这才是一件可以和朋友们共享的人间的幸福。

人物特写

老母为我"扎红带"

今年是马年,我的本命年,又该扎红腰带了。

在古老的传统中,本命年又称"槛儿年",本命年扎红腰带——俗称"扎红",就是顺顺当当"过槛儿",寄寓着避邪趋吉的心愿。故而每到本命年,母亲都要亲手为我扎红。记得十二年前我甲子岁,母亲已八十六岁,却早早为我准备好了红腰带,除夕那天,亲手为我扎在腰上。那一刻,母亲笑着,我笑着,屋内其他人也笑着,我心里深深地感动。所有孩子自出生一刻,母亲最大的心愿莫过于孩子的健康与平安,这心愿一直伴随着孩子的成长而执着不灭;而我竟有如此洪福,六十岁还能感受到母亲这种天性和深挚的爱。一时心涌激情,对母亲说,待我十二年后,还要她再为我扎红,母亲当然知道我这话里边的含意,笑嘻嘻连连说一个字:好好好。

十二年过去,我的第六个本命年来到,如今七十二岁了。

母亲呢?真棒!她信守诺言,九十八岁寿星般的高龄,依然健康,面无深皱,皮肤和雪白的发丝泛着光亮;最叫我高兴的是她头脑仍旧明晰和富于觉察力,情感也一直那样丰富又敏感,从来没有衰退过。而且,今年一入腊月就告诉我,已经预备了红腰带,要在除夕那天亲手给我扎在腰上,还说这次腰带上的花儿由她自己来绣。她为什么刻意自己来绣?她眼睛的玻璃体有点小问题，还能绣吗？她执意要把深心的一种祝愿，一针针地绣入这传说能够保佑平安的腰带中吗？

于是在除夕这天，我要来体验七十人生少有的一种幸福——由老母来给扎红了。

母亲郑重地从柜里拿出一条折得分外齐整的鲜红的布腰带，打开给我看；一端——终于揭晓了——是母亲亲手用黄线绣成的四个字"马年大吉"。竖排的四个字，笔画规整，横平竖直，每个针脚都很清晰。这是母亲绣的吗？母亲抬头看着我说："你看绣得行吗？我写好了字，开始总绣不好，太久不绣了，眼看不准手也不准，拆了三次绣了三次，'马'字下边四个点间距总摆不匀，现在这样还可以吧。"我感觉此刻任何语言都无力于心情的表达。妹妹告我，她还换了一次线呢，开头用的是粉红色的线，觉得不显眼，便换成了黄线。妹妹笑对母亲说："你要是再拆再绣，布就扎破了。"什么力量使她克制着眼睛里发浑的玻璃体，顽强地使每一针都依从心意、不含糊地绣下去？

母亲为我扎红时十分认真。她两手执带绕过我的腰时，只说一句："你的腰好粗啊。"随后调整带面，正面朝外，再把带子两端汇集到腰前正中，拉紧拉直，结扣时更是着意要像蝴蝶结那样好看，并把带端的字露在表面。她做得一丝不苟，庄重不阿，有一种仪式感，叫我感受到这一古老风俗里有一种对生命的敬畏，还有世世代代对传衍的郑重。

我比母亲身高出一头还多，低头正好看着她的头顶，她稀疏的白发中间，露出光亮的头皮，就像我们从干涸的秋水看到了洁净的河床。母亲真的老了，尽管我坚信自己有很强的能力，却无力使母亲重返往昔的生活——母亲年轻时种种明亮光鲜的形象就像看过的美丽的电影片段那样仍在我的记忆里。

然而此刻，我并没有陷入伤感。因为，活生生的生活证明着，我现在仍然拥有着人间最珍贵的母爱。我鬓角花白却依然是一个孩子，还在被母亲呵护着。而此刻，这种天性的母爱的执着、纯粹、深切、祝愿，全被一针针绣在红带上，温暖而有力地扎在我的腰间。

感谢母亲长寿，叫我们兄弟姐妹们一直有一个仍由母亲当家的家；在远方工作的手足每逢年时依然能够其乐融融地回家过年，享受那种来自童年的深远而常在的情味，也享受着自己一种美好的人生情感的表达——孝顺。

孝，是中国作为人的准则的一个字。是一种缀满果实的树对根的敬意，是万物对大地的感恩，也是人性的回报和回报的人性。

我相信，人生的幸福最终还来自自己的心灵。

此刻，心中更有一个祈望，让母亲再给我扎一次红腰带。

这想法有点神奇吗？不，人活着，什么美好的事都有可能。

长衫老者

我幼时，家对门有条胡同，又窄又长，九曲八折，望进去深邃莫测。隔街是店铺集中的闹市，过往行人都以为这胡同通向那边闹市，是条难得的近道，便一头扎进去，弯弯转转，直走到头，再一拐，迎面竟是一堵墙壁，墙内有户人家。原来这是条死胡同！好晦气！凡是走到这儿来的，都恨不得把这面堵得死死的墙踹倒！

怎么办？只有认倒霉，掉头走出来。可是这么一往一返，不但没抄了近道，反而白跑了长长一段冤枉路。正像俗话说的：贪便宜者必吃亏。那时，只要看见一个人满脸丧气从胡同里走出来，哈，一准知道是撞上死胡同了！

走进这死胡同的，不仅仅是行人，还有一些小商小贩。为了省脚力，推车挑担串进来，这就热闹了。本来狭窄的道儿常常拥塞；叫车轱辘碰伤孩子的事也不时发生。没人打扫它，打扫也没用，整天土尘蓬蓬。人们气急就叫："把胡同顶头那家房子扒了！"房子扒不了，只好忍耐；忍耐久了，渐渐习惯。就这样，乱乱哄哄，好像它天经地义就该如此。

一天，来了一位老者，个子矮小，干净爽利，一件灰布长衫，红颜白须，目光清朗，胳肢窝夹个小布包包，看样子像教书先生。他走进胡同，一直往里，可过不久就返回来。嘿，又是一个撞上死胡同的!

　　这位长衫老者却不同常人。他走出来时,面无懊丧,而是目光闪闪,似在思索,然后站在胡同口,向左右两边光秃秃的墙壁望了望,跟着蹲下身,打开那布包,包里面有铜墨盒、毛笔、书纸和一个圆圆的带盖的小饭盆。他取笔展纸,写了端端正正、清清楚楚四个大字:此路不通。又从小盆里捏出几颗饭粒,代作糨糊,把这张纸贴在胡同口的墙壁上,看了两眼便飘然而去。

　　咦,谁料到这张纸一出,立刻出现奇迹。过路人若要抄近道扎进胡同,一见纸上的字,就转身走掉;小商贩们即使不识字,见这里进出人少,疑惑是死胡同,自然不敢贸然进去。胡同陡然清静多了。过些日子,这纸条给风吹雨打,残破了,胡同里的住家便想到用一块木板,仿照这四个字写在上边,牢牢钉在墙上,这样就长久地保留下来。

　　胡同自此大变样子。

　　它出现了从来没见过的情景:有人打扫,有人种花,有孩童玩耍;鸟雀也敢在地面上站一站。逢到一夜大雪过后,犹如一条蜿蜒洁白的带子,渐渐才给早起散步的老人们,踩上一串深深的雪窝窝。这些饱受市井喧嚣的人家,开始享受起幽居的静谧和安宁来了。

　　于是,我挺奇怪,本来这么简单的一举,为什么许多年里不曾有人想到?我因此愈加敬重那矮小,不知姓名,肯思索,更肯动手来做的长衫老者了……

逛娘娘宫

一

那时，像我们这些生长在天津的男孩子，只要听大人们提到娘娘宫，心里仿佛有只小手抓得怪痒痒的。尤其大年前夕，娘娘宫一带是本地的年货市场，千家万户预备过年用的什么炮儿啦、灯儿啦、画儿啦、糕儿啦等，差不多都是从那里买到的。我猜想这些东西在那里准堆成一座座花花绿绿的小山似的。我多么盼望能去娘娘宫玩一玩！但一直没人带我去，大概那时我家好歹算个富户，不便出没于这种平民百姓的集聚之地。我有个姑表哥，他爸爸早殁，妈妈有疯病，日子穷窘；他是个独眼——别看他独眼，他反而挺自在。他那仅剩下单独一只的、又小又细、用来看世界的右眼，却比我的一双黑黑的、正常的大眼睛视野更广，福气更大，行动也更自由——像什么钓鱼逮蟹、到鸟市上听说书、捅棋、买小摊上便宜又好玩的糖稀吃等等，他样样能做，我却不能。对于世上的快乐与苦恼，大人和孩子的标准往往不同。大人们是属于社会的，孩子们则属于大自然，这些话不必多说，就说我这独眼表哥吧！他不止一次去过娘娘宫，听他描绘娘娘宫的情景，看耍猴呀、抖空竹呀、逛炮市呀等，再加上他口沫横飞、洋洋得意的神气，我都真有私逃出家、随他去一趟的念头。此刻饭

人物特写

菜不香，糖不甜，手边的玩具顷刻变得索然无味了。我妈妈立刻猜到我的心事，笑眯眯地对我说："又惦着逛娘娘宫了吧！"

说也怪，我任何心事她都知道。

二

我的妈妈是我的奶妈。

我娘生下我时，没有奶，便坐着胶皮车到估衣街的老妈店去找奶妈。我这奶妈是武清县落垡人，刚生过孩子，乡下连年闹灾荒没钱花，她就撇下自己正吃奶的孩子，下到天津卫来做奶妈。我娘一眼就瞧上了她，因为她在一群待用的奶妈中十分惹眼，个子高大，人又壮实，一双大脚，黑里透红、亮光光的一张脸，看上去"像个男人"，很健康——这些情形都是后来听大人们说的。据说她的奶很足，我今天能长成个一米九二的大汉，大概就是受了她奶汁育养之故。

她姓赵。我小名叫"大弟"。依照天津此地的习惯，人们都叫她"大弟妈"。我叫她"妈妈"。

在我依稀还记得的童年的那些往事中，不知为什么，对她的印象要算最深了。几乎一闭眼，她那样子就能穿过厚厚的岁月的浓雾，清晰地显现在眼前。她是个尖头顶、扁长的大嘴、一头又黑又密的头发的女人，每天早上都对着一面又小又圆的水银镜子，把头发放开，篦过之后，涂上好闻的刨花油，再重新绾到后颈，卷成一个乌黑油亮、像个大烧饼似的大抓髻，外边套上黑线网；只在两鬓各留一绺头发，垂在耳前。这是河北武清那边妇女习惯的发型。她的脸可真黑，嘴唇发白，而且在脸色的对比下显得分外的白。大概这是她爱喝醋的缘故。人们都说醋吃多了，就会脸黑唇白。她可真能喝醋！每吃饭，必喝一大碗醋，有时菜也不吃，一碗饭加一碗醋，吃得又香又快。她为什么这样爱喝醋呢？有一次，我见她吃喝正香，嘴唇咂咂直响，不觉嘴里发馋，非向她要醋喝不可，她把醋碗递给我，叫我抿一小口，我却像她那样喝了一大口。天哪！真是酸死我了。从此，我一看她吃饭，听到她吮咂着唇上醋汁的声音，立即觉得两腮都收紧了。

再有，便是她上楼的脚步异乎寻常地轻快。她带着我住在三楼的顶间，每天楼上楼下不知要跑多少趟，很少歇憩，似有无穷精力。如果她下楼去拿点什么，几乎一转眼就回到楼上。直到现在，我还没有遇见过第二个人把上下楼全然不当作一回事呢。

那时，我并不常见自己的父母。他们整天忙于应酬，常常在外串门吃饭。只是在晚间回来时，偶尔招呼她把我抱下楼看看，逗逗，玩玩，再给她抱上楼。我自生来日日夜夜都是跟随着她。据说，本来她打算等我断了奶，就回乡下去。但她一直没有回去，只是年年秋后回去看看，住上十天半个月就回来。每次回来都给我带一些使我醉心的东西，像装在草棍编的小笼子里的蝈蝈啦，金黄色的小葫芦啦，村上卖的花脸和用麻秆做柄的大刀啦……她一走，我就哭，整天想她；她呢，每次都是提前赶回来，好像她的家不在乡下，而在我家这里。在我那冥顽无知稚气的脑袋里，哪里想得到她留在我家，全然是为了我。

我在家排行第三，上边是两个姐姐。我算作长子。每当我和姐姐们发生争执，她总是明显地、气咻咻地偏袒于我。有人说她"以为照看人家的长子就神气了"，或者说她这样做是"为了巴结主户"。她不以为然，我更不懂得这种家庭间无聊的闲话。我是在她怀抱里长大的。她把我当作自己亲生孩子那样疼爱，甚至溺爱；我从她身上感受到的气息反比自己的生母更为亲切。

每每夏日夜晚,她就斜卧在我身旁,脱了外边的褂子,露出一个大红布的绣着彩色的花朵和叶子的三角形兜肚儿,上端有一条银亮的链子挂在颈上。这时她便给我讲起故事来,像什么《傻子学话》《狼吃小孩》《烧火丫头杨排风》等等。这些故事不知讲了多少遍,不知为什么每听起来依然津津有味。她一边讲,一边慢慢摇着一把大蒲扇,把风儿一下一下地凉凉快快扇在我身上。伏天里,她常常这样扇一夜,直到我早晨醒来,见她眼睛困倦难张,手里攥着蒲扇,下意识地,一歪一斜地、停停住住地摇着……

如果没有下边的事,对于一个八岁的孩子,所能记下的某一个人的事情也只能这些了。但下边的事我记得更清楚,始终忘不了。

一年的年根底下,厨房一角的灶王龛里早就点亮香烛,供上又甜又脆、粘着绿色蜡纸叶子的糖瓜。这时,大年穿戴的新装全都试过,房子也打扫过了,玻璃擦得好像都看不见了。里里外外,亮亮堂堂。大门口贴上一副印着披甲戴盔、横眉立目的古代大将的画纸。妈妈告诉我那是"门神",有他俩把住大门,大鬼小鬼进不来。楼里所有的门板上贴上"福"字,连垃圾箱和水缸也都贴了,不过是倒着贴的,借着"到"和"倒"的谐音,以示"福气到了"之意。这期间,楼梯底下摆一口大缸,我和姐姐偷偷掀开盖儿一看,全是白面的馒头、糖三角、豆馅包和枣卷儿,上边用大料蘸着品红色点个花儿,再有便是左邻右舍用大锅烧炖年菜的香味,不知从哪里一阵阵悄悄飞来,钻入鼻孔;还有些性急的孩子等不及大年来到,就提早放起鞭炮来。一年一度迷人的年意,使人又一次深深地又畅快地感到了。

独眼表哥来了。他刚去过娘娘宫,带来一包俗名叫"地耗子"的土烟火送给我。这种"地耗子"只要点着,就"哧哧"地满地飞转,弄不好会钻进袖筒里去。他告诉我这"地耗子"在娘娘宫的炮市上不过是寻常之物,据说那儿的鞭炮烟火有上百种。我听了,再也止不住要去娘娘宫一看的愿望,便去磨我的妈妈。

我推开门,谁料她正撩起衣角抹泪。她每次回乡下之前都这样抹泪,难道她要回乡下去?不对,她每次总是大秋过后才回去呀!

她一看见我,忙用手背抹干眼角,抽抽鼻子,露出笑容,说:
"大弟,我告诉你一件你高兴的事。"
"什么事?"
"明儿一早,我带你去逛娘娘宫!"
"真的?!"心里渴望的事突然来到眼前,反叫我吃惊地倒退两步,"我娘叫我去吗?"
"叫你去!"她眯着笑眼说,"我刚对你娘打了保票,保险丢不了你,你娘答应了。"

我一下子扑进她的怀抱。这怀抱里有股多么温暖、多么熟悉的气息啊!就像我家当院的几株老槐树的气味,无论在外边跑了多么久、多么远,只要一闻到它的气味,就立即感到自己回到最亲切的家中来了。

可这时,我感到有什么东西"啪、啪"落在我背上,还有一滴落在我后颈上,像大雨点儿,却是热的。我惊奇地仰起面孔,但见她泪湿满面。她哭了!她干吗要哭?我一问,她哭得更厉害了。

"孩子,妈今年不能跟你过年了。妈妈乡下有个爷儿们,你懂吗?就像你爸和你娘一样。他害了眼病,快瞎了,我得回去。明儿早晌咱去娘娘宫,后晌我就走了。"

人物特写

我仿佛头一次知道她乡下还有一些与她亲近的人。

"瞎了眼,不就像独眼表哥了?"我问。

"傻孩子,要是那样,他还有一只好眼呢!就怕两眼全瞎了。妈就……"她的话说不下去了。

我也哭起来。我这次哭,比她每次回乡下前哭得都凶,好像预感到她此去就不再来了。

我哭得那么伤心、委屈、难过,同时忽又想到明儿要去逛娘娘宫,心里又翻出一个甜甜的小浪头。谁知我此时此刻心里是股子什么滋味?

三

我们一进娘娘宫以北的宫北大街,就像两只小船被卷入来来往往的、颇有劲势的人流里,只能看见无数人的前胸和后背。我心里有点紧张,怕被挤散,才要拉紧妈妈的手,却感到自己的小手被她的大手紧紧握着了。人声嘈杂得很,各种声音分辨不清,只有小贩们富于诱惑的吆喝声,像鸟儿叫一样,一声声高出众人嗡嗡杂乱的声音之上,从大街两旁传来:

"易德元的吊钱啊,眼看要抢完了,还有五张!"

"哪位要皇历,今年的皇历可是套片精印的,整本道林纸。哎,看看节气,找个黄道吉日,家家缺不了它啊!"

"哎、哎、哎,买大枣,一口一个吃不了……"

但什么也瞧不见,人们都是前胸贴着后背,偶有人缝,便花花绿绿闪一下,逗得我眼睛发亮。忽然,迎面一人手里提着一个五彩缤纷的盒子,盒子上印着两个胖胖的人儿,笑嘻嘻挤在一起,煞是有趣,可是没等我细瞧,那人却往斜刺里去了。跟着听到一声粗鲁的喝叫:"瞧着!"我便撞在一个软软的、热乎乎的、鼓鼓囊囊的东西上。原来是一个人的大肚子。这人袒敞着棉袄,肚子鼓得好大,以至我抬头看不见他的脸。这时,只听到妈妈的怨怪声:

"你这么大人,怎么瞧不见孩子呢,快,别挤着孩子呀!"

那人嘟囔几声什么。说也好笑,我几乎在他肚子下边,他怎么看得见我?这时,只觉得这人在我前面左挪右挪,大肚子热烘烘蹭着我的鼻尖,随后像一个软软的大肉桶,从我右边滑过去了。我感到一阵轻松畅快,就在这一瞬,对面又来了一个老头,把一个大金鱼灯举过头顶;这是条大鲤鱼,通身鲜红透明,尾巴翘起,伸着须,眼睛是两个亮晃晃、又圆又鼓的大金球儿……

"妈妈,你看……"我叫着。

妈妈扭头,大金鱼灯却不见了。

又是无数人的前胸和后背。

我真担心娘娘宫里也是如此,那就什么也看不见了。

"妈妈,我要看,我什么也瞧不见哪!"

"好!我抱你到上边瞧!"

妈妈说着,把我抱起来往横处挤了几步,撂在一个高高的地方。呀!我真又惊又喜,还有点傻了!好像突然给举到云端,看见了一个无法形容的、灿烂辉煌、热闹非凡的世界。我首先看到的是身前不远的地方有两根旗杆,高大无比,尖头简直碰到天。我对面是一座戏台,上边正在敲锣打鼓,唱戏的人正起劲儿地叫着,台下一片人头攒动。我再扭身一看,身后竟是一座美丽的大庙。在这中间,满是罩棚,满是小摊,满是人。各种新奇的东西和新奇的景象,一下子闯进眼帘,我好像什么也看不清了。在这之后,我才明白自己站在庙前一个石头砌的高台上……

人物特写

"妈妈，妈，这就是娘娘宫吗?"我叫着。

"可不是嘛。"妈妈笑眯眯地说。每逢我高兴之时，她总是这样心花怒放地笑着。她说："大弟，你能在这儿站着别动吗？妈到对面买点东西。那儿太挤，你不能去。你可千万别离开这儿。妈去去就来。"

我再三答应后，她才去。我看着她挤进一家绒花店。

这时，我才得以看清宫门前的全貌。从我们走来的宫北大街，经过这庙前，直奔宫南大街，千千万万小脑袋蠕动着，街的两旁全是店铺，张灯结彩，悬挂着五色大旗，写着"大年减价""新年连市"等等字样，一直歪歪斜斜、蜿蜒地伸向锅店街那边而去，好像一条巨大的鳞光闪闪的巨蟒，在地上，慢慢摇动它笨拙的身躯，真是好看极了。我禁不住双腿一蹦一蹦，拍起手来。

"当心掉下来!"有人说着并抓住我的腰。

原来妈妈来了，她喜笑颜开，手里拿着一个方方的花纸盒，鬓上插着一朵红绒花。这花儿如此艳丽，映着她的脸，使她显得喜气洋洋，我感到她从来没有像今天这样好看。

"妈，你好看极了!"

"胡说!"妈羞笑着说，"快下来，咱们到娘娘宫里去看看。"

我随她跨进了多年梦思夜想的娘娘宫。心里还掠过一种自豪与得意之情，心想，回头我也能像独眼表哥那样对别人讲讲娘娘宫的事了。而我的姐姐们还没有我今天这种好福气呢!

庙里好热闹，楼宇一处连一处，香烟缭绕，到处是棚摊。这宫院里和外边一样，也成了年货集市。小贩、香客、游人挤成一团，各色各样的神仙图画挂满院墙，连几株老树上也挂得满满的。

一束束红蓝黄绿的气球高过人头，在些许的微风里摇颤着，仿佛要摆脱线的牵扯，飞上碧空……宫院左边是卖金鱼的，右边的摊上多卖空竹。内中有一个胖子，五十多岁，很大一顶灰兔皮帽扣在头上。四四方方一张红脸，秤砣鼻子，鼻毛全支出来，好像废井中长出的荒草。他上身穿一件紧身元黑罩衫，显出胖大结实的身形，正中一行黄布裹成的疙瘩扣，排得很密，像一条大蜈蚣爬在他当胸。下边是肥大黑裤，青布缠腿，"云"字样的靴头。他挽着袖管，抖着一个脸盆大小的空竹。如此大的空竹真是世所罕见。别看他身胖，动作却不迟笨，胳膊一甩，把那奇大的空竹抖得精熟，并且顺着绳子，一忽儿滚到左胳膊上，一忽儿滚到右胳膊上，一忽儿猫腰俯背，让转动的空竹滚背而过，一忽儿又把这沉重的家伙抛上半空，然后用手里的绳子接住。这时他面色十分神气。那空竹发出的声音也如牛吼一般。他的货摊上悬着一个朱红漆牌，写着三个金字："空竹王"。旁边有行小字"乾隆老样"。摊上的空竹所贴的红签上，也都印着这些字样，并有"认清牌号，谨防假冒"八个字。他的货摊在同行中显得很阔绰，大大小小的空竹，式样不一，琳琅满目，使得左右的邻摊显得寒碜、冷落和可怜。他一边抖着空竹，一边嘴里叨叨不绝，说他的空竹是祖传的。他家历来不但精于制作，又善于表演空竹。他祖宗曾进过宫，给乾隆爷表演过，乾隆爷看得"龙颜大悦"，赐给他祖宗黄金百两、白银一千，外加黄马褂一件，据说那是他祖祖祖祖爷爷的事。后来他家又有人进宫给慈禧太后表演空竹，便是他祖祖爷的事了。祖辈的那黄马褂没有留下，却传下这只巨型的空竹……说到这儿，他把空竹用力抖两下，嘴里的话锋一转，来了生意经，开始夸耀自家空竹的种种优长，直说得嘴角溢出白沫。本来他的空竹不错，抖得也蛮好，不知为什么，这样滔滔不绝的自夸和炫耀，尤其他那股剽悍和霸气劲儿反叫人生厌。这时，他大叫一声，猛一用力，把空竹再次抛上半空，随着脑袋后仰过

人物特写

猛,头上那顶大兔皮帽被抛在身后,露出一个青皮头顶,见棱见角,并汗津津冒着热气,好似一只没有上锅的青光光的蟹盖儿,大家忍不住笑了。我妈妈笑了一下,便领我到邻处小摊上,买了一个小号的空竹给我。那摊贩对妈妈十分客气,似有感激之意。妈妈为什么不买"空竹王"那里漂亮的空竹,而偏偏买这小摊上不大起眼的东西?这事一直像个谜存在我心里,直到我入了社会,经事多了,才解开这积存已久的谜。

四

大庙里的气氛真是神秘、奇异、可怖。那气氛是只有庙堂里才有的。到处黑洞洞的,到处又闪着辉煌的亮光;到处是人,到处是神。一处处庙堂,一尊尊佛像,有的像活人,有的像假人,有的逗人发笑,有的瞪眼吓人,有的莫名其妙。妈妈在我耳边轻轻告诉我,哪个是娘娘,哪些是四大门神,哪个是关帝,还有雷公、火神、疙瘩刘爷、傻哥和张仙爷。给我印象最突出的要算这张仙爷了。他身穿蓝袍,长须飘拂,张弓搭箭,斜向屋角,既威武又洒脱。妈妈告诉我,民人住宅常有天狗从烟囱钻进来,兴妖作怪,残害幼儿。张仙爷专除天狗,见了天狗钻进民宅就将弓箭射去,以保护孩童。故此,人都称他为"射天狗的张仙爷"……

在我不自觉地望着这护佑儿童们的泥神时,妈妈向一个人问了几句话,就领着我穿过两重热闹闹的小院,走到一座庙堂前。她在门口花了几个小钱买了一把香,便走进去。里边一团漆黑,烟雾弥漫,香的气味极浓。除去到处亮着的忽闪忽闪的烛火,别的什么都看不见。我才要向前迈步,妈妈忽把我拉住,我才发现眼前有几个人跪伏着,随后脑袋一抬,上身直立;跟着又俯身叩首做拜伏状。这些人身前是张条案，案上供具陈列，一尊乌黑的生铁香炉插满香，香灰撒落四边，四座烛台都快给烛油包上了……就在这时，从条案后的黑黝黝的空间里，透现出一个胖胖的、端庄的、安详的妇女的面孔。珠冠绣衣，粉面朱唇，艳美极了。缭绕的烟缕使她的面孔忽隐忽现，跳动的烛光似乎使她的表情不断变化着，忽而严肃，忽而慈爱，忽而冷峻，忽而微笑。她是谁？如何这样妄自尊崇，接受众人的叩拜？我想到这儿时，已然发现她也是一尊泥塑彩画的神像。为什么许多人要给这泥人烧香叩头呢？我拉拉妈妈的衣袖，想对她说话，她却不搭理我。我抬头看她时，只见妈妈脸上郑重又虔诚，一双眼呆呆的，散发出一种迟缓又顺从的光来。我真不懂妈妈何以做出如此怪异的神情。但不知为什么，我忽然不敢出声，不敢随意动作，一股庄重不阿的气氛牢牢束缚住我。心里升起一种从未有过的敬畏的感觉，不觉悄悄躲到妈妈的身后。

在条案一旁，立着一个老头，松形鹤骨，神情肃穆，穿黄袍子。我一直以为也是个泥人。此刻他却走到妈妈身前，把妈妈手里的香接过去，引烛火点着，插在香炉内。这时妈妈也像左右的人那样屈腿伏身，叩头作揖。只剩下我直僵僵地站着。这当儿，一个新发现竟使我吓得缩起脖子：原来条案后那泥神身上满是眼睛，总有几十只，只只眼睛都比鞋子还大，眼白极白，眼球乌黑，横横竖竖，好像都在瞧着我。我一惊之下，忙蹲下来，躲在妈妈背后，双手捂住了脸。后来妈妈起了身，拉着我走出这吓人的庙堂。我便问：

"妈妈，那泥人怎么浑身都是眼睛呀！"

"哎哟，别胡扯，那是千眼娘娘，专管人得眼病的。"

我听了依然莫解，但想到妈妈给她叩头，是为了她丈夫的病

吧！我又想发问，却没问出来，因为她那满是浅细皱纹的眼皮中间似乎含着泪水。我之所以没再问她，是因为不愿意勾起她心中的烦恼和忧愁，还是怕她眼里含着的泪流出来，现在很难再回想得清楚，谁能弄清楚自己儿时的心理？

五

在宫南大街，我们又卷在喧闹的人流中。声音愈吵，人们就愈要提高嗓门，声音反倒愈响。其实如果大家都安静下来，小声讲话，便能节省许多气力，但此时、此刻、此地谁又能压抑年意在心头上猛烈的骚动？

宫南大街比宫北大街更繁华，店铺挨着店铺，罩棚连着罩棚，五行八作，无所不有。最有趣的是年画店，画儿贴满四壁，标上号码，五彩缤纷，简直看不过来。还有一家画店，在门前放着一张桌，桌面上码着几尺高的年画，有两个人，把这些画儿一样样地拿给人们看，一边还说些为了招徕主顾而逗人发笑的话，更叫人好笑的是这两个人，一般高，穿着一样的青布棉袍，驼色毡帽，只是一胖一瘦，一个难看，一个顺眼，很像一对说相声的。我爱看的《一百单八将》《百子闹学》《屎壳郎堆粪球》等等这里都有。

由此再往南去，行人渐少，地势也见宽阔。沿街多是些小摊，更有可怜的，只在地上放一块方形的布，摆着一些吊钱、窗花、财神图、全神图、彩蛋、花糕模子、八宝糖盒等零碎小物。这些东西我早都从妈妈嘴里听到过，因此我都能认得。还有些小货车，放着日用的小百货，什么镜儿、膏儿、粉儿、油儿的。上边都横竖几根杆子，拴着女孩子们扎辫子用的彩带子，随风飘摇,很是好看;还有的竖立一棵粗粗的麻秆儿,上面插满各样的绒花,围在这小车边的多是些妇女和姑娘。在这中间,有一个卖字的老人的表演使我入了迷。一张小木桌,桌上一块大紫石砚,一把旧笔,一捆红纸,还立着一块小木牌,写着"鬻字"。这老人瘦如干柴,穿一件土黄棉袍,皱皱巴巴,活像一棵老人参。天冷人老,他捉着一支大笔,翘起的小拇指微微颤抖。但笔道横平竖直,宛如刀切一般。四边闲着的人都怔着,没人要买。老人忽然左手也抓起一支大笔,蘸了墨,两手竟然同时写一副对联。两手写的字却各不相同。字儿虽然没有单手写的好,观者反而惊呼起来,争相购买。

看过之后,我伸手一拉妈妈:

"走!"

她却摆胳膊。

"走——"我又一拉她。

"哎,你这孩子怎么总拉人哪?!"

一个陌生的爱挑剔的女人尖厉的声音传来。我抬头一看,原来是一位矮小的黄脸女人,怀里抱着一篓鲜果。她不是妈妈!我认错人了!妈妈在哪儿?我慌忙四下一看,到处都是生人,竟然不见她了!我忙往回走。

"妈妈,妈妈……"我急急慌慌地喊,却听不见回答,只觉得自己喉咙哽咽,喊不出声来,急得要哭了。

就在这当口,忽听"大弟"一声。这声简直是肝肠欲裂、失魂落魄的呼喊。随后,从左边人群中钻出一人来,正是妈妈。她张大嘴,睁大眼,鬓边那两绺头发直条条耷拉着,显出狼狈与惊恐的神色。她一看见我,却站住了,双腿微微弯曲下来,仿佛要跌在地上。手里那绒花盒儿也捏瘪了。然后,她一下子扑上来把

人物特写

我紧紧抱住,仿佛从五脏里呼出一声:

"我的爷爷,你是不想叫我活了!"

这声音,我现在回想起来还那样清晰。

我终于看见了炮市,它在宫南大街横着的一条胡同里。胡同中有几十个摊儿,这些摊儿简直是一个个炮堆。"双响"都是一百个盘成一盘。最大的五百个一盘,像个圆桌面一般大。单说此地人最熟悉的烟火——金人儿,就有十来种。大多是鼓脑门、穿袍拄杖的老寿星,药捻儿在脑顶上。这里的金人高可齐腰,小如拇指。这些炮摊的幌子都是用长长的竹竿挑得高高的一挂挂鞭炮。其中一个大摊,用一根杯口粗的竹竿挑着一挂雷子鞭,这挂大鞭有七八尺,下端几乎擦地,把那竹竿压成弓形。上边粘着一张红纸条,写了"足数万头"四个大字。这是我至今见到的最威风的挂鞭。不知怎样的人家才能买得起这挂鞭。

为了防止火灾,炮市上绝对不准放炮。故此,这里反而比较清静,再加上这条胡同是南北方向,冬日的朔风呼呼吹过,顿感身凉。像我这样大小的男孩子们见了炮都会像中了魔一样,何况面对着如此壮观的鞭炮的世界,即使冻成冰棍也不肯看几眼就离开的。

"掌柜的,就给我们拿一把'双响'吧!"妈妈和那卖炮的说起话来,"多少钱?"

妈妈给我买炮了。我多么高兴!

我只见她从怀里摸出一个旧手巾包,打开这包儿,又是一个小手绢包儿,手绢包里还有一个快要磨破了的毛头纸包儿,再打开,便是不多的几张票子,几枚铜币。她从这可怜巴巴的一点钱中拿出一部分,交给那卖炮的,冷风吹得她的鬓发扑扑地飘。当她把那把"双响"买来塞到我手中时,我感到这把炮像铁制的一般沉重。

"好吗，孩子？"她笑眯着眼对我说，似乎在等着我高兴的表示。

本来我应该是高兴的，此刻却是另一种硬装出来的高兴。但我看得出，我这高兴的表示使她得到了多么大的满足啊！

六

我就是这样有生以来第一次令人难忘地逛过了娘娘宫。那天回到家，急着向娘、姐姐和家中其他人，一遍又一遍讲述在娘娘宫的见闻，直说得嘴巴酸疼，待吃过饭，精神就支撑不住，歪在床上，手里抱着妈妈给买的那把"双响"和空竹香香甜甜地睡了。懵懵懂懂间觉得有人拍我的肩头，擦眼一看，妈妈站在床前，头发梳得光光的，身上穿一件平日用屁股压得平平的新蓝布罩衫，臂肘间挎着一个印花的土布小包袱，她的眼睛通红，好像刚哭过，此刻却笑眯着眼看我。原来她要走了！屋里的光线已经变暗了。我这一觉睡得好长啊，几乎错过了与她告别的时刻。

我扯着她的衣襟，送她到了当院。她就要去了，我心里好像塞着一团委屈似的，待她一要走，我就像大河决口一般，索性大哭起来。家里人都来劝我，一边向妈妈打手势，叫她乘机快走，妈妈却抽抽噎噎地对我说：

"妈妈给你买的'双响'呢？你拿一个来，妈妈给你放一个；崩崩邪气，过个好年……"

我拿一个"双响"给她。她把这"双响"放在地上。然后从怀里摸出一盒火柴划着火去点药捻。院里风大，火柴一着就灭，她便划着火柴，双手拢着火苗，凑上前，猫下腰去点药捻。哪知这药捻着得这么快。不知是谁叫了一声"当心！"这话音才落，嗵！嗵！连着两响，烟腾火苗间，妈妈不及躲闪，炮就打在她脸上。她双手紧紧捂住脸。大家吓坏了，以为她炸了眼睛。她慢慢直起身，放下双手，所幸的是没炸坏眼，却把前额崩得一大块黑。我哭了起来。

妈妈拿出块帕子抹抹前额，黑烟抹净，却已鼓出一个栗子大小的硬疙瘩。家里人忙拿来"万金油"给她涂在疙瘩处，那疙瘩便越发显得亮而明显了。妈妈眯着笑眼对我说：

"别哭，孩子，这一下，妈妈身上的晦气也给崩跑了！"

我看得出这是一种勉强的、苦味的笑。

她就这样去了。挎着那小土布包袱、顶着那栗子大小的鼓鼓的疙瘩去了。多年来，这疙瘩一直留在我心上，一想就心疼，挖也挖不掉。

她说她"过了年就回来"，但这一去就没再来。听说她丈夫瞎了双眼，她再不能出来做事了。从此，一面也不得见，音讯也渐渐寥寥。我十五岁那年，正是大年三十，外边鞭炮正响得热闹，屋里却到处能闻到火药燃烧后的香味。家里人忽叫我到院里看一件东西。我打着灯笼去看，挨着院墙根放着一个荆条编的小箩筐。家里人告诉我，这是我妈妈托人从乡下捎给我的。我听了，心儿陡然地跳快了，忙打开筐盖，用灯一照，原来是个又白又肥的大猪头，两扇大耳，粗粗的鼻子，脑门上点了一个枣儿大的红点儿，可爱极了……看到这里，我不觉抬起头来，仰望着在万家灯火的辉映中反而显得黯淡了的寒空，心儿好像一下子从身上飞走，飞啊，飞啊，飞到我那遥远的乡下的老妈妈的身边，扑在她那温暖的怀中，叫着：

"妈妈，妈妈，你可好吗？"

> 题目有特色：人物特点在前，姓氏在后。

快手刘

　　人人在童年，都是时间的富翁。胡乱挥霍也使不尽。有时待在家里闷得慌，或者父亲嫌我太闹，打发我出去玩玩儿，我就不免要到离家很近的那个街口，去看快手刘变戏法。

　　快手刘是个撂地摆摊卖糖的胖大汉子。他有个随身背着的漆成绿色的小木箱，在哪儿摆摊就把木箱放在哪儿。箱上架一条满是洞眼的横木板，洞眼插着一排排廉价而赤黄的棒糖。他变戏法是为吸引孩子们来买糖。戏法十分简单，俗称"小碗扣球"。一块绢子似的黄布铺在地上，两个白瓷小茶碗，四个滴溜溜的大红玻璃球儿，就这再普通不过的三样道具，却叫他变得神出鬼没。他两只手各拿一个茶碗，你明明看见每个碗下边扣着两个红球儿，你连眼皮都没眨动一下，嘿，四个球儿竟然全都跑到一个茶碗下边去了，难道这球儿是从地下钻过去的？他就这样把两只碗翻来覆去，一边叫天喊地，东指一下手，西吹一口气，好像真有什么看不见的神灵做他的助手，四个小球儿忽来忽去，根本猜不到它们在哪里。这种戏法比舞台上的魔术难变，舞台只一边对着观众；街头上的土戏法，前后左右围着一圈人，人们的视线从四面八方射来，容易看出破绽。有一次，我亲眼瞧见他手指飞快地一动，把一个球儿塞在碗下边扣住，便禁不住大叫：

"在右边那个碗底下哪，我看见了！"

"你看见了？"快手刘明亮的大眼珠子朝我惊奇地一闪，跟着换了一种正经的神气对我说，"不会吧！你可得说准了。猜错就得买我的糖。"

"行！我说准了！"我亲眼所见，所以一口咬定。自信使我的声音非常响亮。

谁知快手刘哈哈一笑，突然把右边的茶碗翻过来。

"瞧吧，在哪儿呢？"

咦，碗下边怎么什么也没有呢？只有碗口压在黄布上一道圆圆的印子。难道球儿穿过黄布钻进左边那个碗下边去了？快手刘好像知道我怎么猜想，伸手又把左边的茶碗掀开，同样什么也没有！球儿都飞了？只见他将两只空碗对口合在一起，举在头顶上，口呼一声："来！"双手一摇茶碗，里面竟然哗哗响，打开碗一看，四个球儿居然又都出现在碗里边。怪，怪，怪！

四边围看的人发出一阵惊讶不已的唏嘘之声。

"怎么样？你输了吧！不过在我这儿输了决不罚钱，买块糖吃就行了。这糖是纯糖稀熬的，单吃糖也不吃亏。"

我臊得脸皮发烫，在众人的笑声里买了块棒糖，站到人圈后边去。从此我只站在后边看了，再不敢挤到前边去多嘴多舌。他的戏法，在我眼里真是无比神奇了。这也是我童年真正钦佩的一个人。

他那时不过四十多岁吧，正当年壮，精饱神足，肉重肌沉，

> "再不敢挤到前边去多嘴多舌",一个"挤"字,说明观众之多,衬托快手刘的技术高超,表演引人入胜。

皓齿红唇,乌黑的眉毛像用毛笔画上去的。他蹲在那里活像一头站着的大白象。一边变戏法,一边卖糖,发亮而外凸的眸子四处流盼,照应八方;满口不住说着逗人的笑话。一双胖胖的手,指肚滚圆,却转动灵活,那四个小球就在这双手里忽隐忽现。我当时有种奇想,他的手好像是双层的,小球时时藏在夹层里。唉唉,孩提时代的念头,现在不会再有了。

这双异常敏捷的手,大概就是他绰号"快手刘"的来历。他也这样称呼自己,以至在我们居住的那一带无人不知他的大名。我童年的许多时光,就是在这最最简单又百看不厌的土戏法里,在这一直也不曾解开的谜阵中,在他这双神奇莫测、令人痴想不已的快手之间消磨的。他给了我多少好奇的快乐呢?

那些伴随着童年的种种人和事,总要随着童年的消逝而远去。我上中学以后就不常见到快手刘了。只是路过那路口时,偶尔碰见他。他依旧那样兴冲冲地变"小碗扣球",身旁摆着插满棒糖的小绿木箱。此时我已经是懂事的大孩子了,不再会把他的手想象成双层的,却依然看不出半点破绽,身不由己地站在那里,饶有兴致地看了一阵子。我敢说,世界上再好的剧目,哪怕是易卜生和莎士比亚,也不能让我这样成百上千次看个不够。

我上高中是在外地。人一走,留在家乡的

人物特写

童年和少年就像合上的书。往昔美好的故事、亲切的人物、甜醉的情景，就像鲜活的花瓣夹在书页里，再翻开都变成了干枯了的回忆。谁能使过去的一切复活？那去世的外婆，不知去向的挚友，妈妈乌黑的卷发，久已遗失的那些美丽的书，那跑丢了的绿眼睛的小白猫……还有快手刘。

　　高中二年级的暑期，我回家度假。一天在离家不远的街口看见十多个孩子围着什么又喊又叫。走近一看，心中怦然一动，竟是快手刘！他依旧卖糖和变戏法，但人已经大变样子。十年不见，他好像度过了二十年。模样接近了老汉。单是身旁摆着的那只木箱，就带些凄然的样了。它破损不堪，黑糊糊，黏腻腻，看不出一点先前那悦目的绿色。横板上插糖的洞孔，多年来给棒糖的竹棍捅大了，插在上边的棒糖东倒西歪。再看他，那肩上、背上、肚子上、臂上的肉都到哪儿去了呢？饱满的曲线没了，衣服下处处凸出尖尖的骨形来；脸盘仿佛小了一圈，眸子无光，更没有当初左顾右盼、流光四射的精神。这双手尤其使我动心——他分明换了一双手！手背上青筋缕缕，污黑的指头上绕着一圈圈皱纹，好像吐尽了丝而皱缩下去的老蚕……于是，当年一切神秘的气氛和绝世的本领都从这双手上消失了。他抓着两只碗口已经碰得破破烂烂的茶碗，笨拙地

承上启下，为下文快手刘的"失误"做铺垫。

与人物之前的模样、神情、双手等形成鲜明对比，让人感受到他生活的不易。

翻来翻去，那四个小球儿，一会儿没头没脑地撞在碗边上，一会儿从手里掉下来。他的手不灵了！孩子们叫起来："球在那儿呢！""在手里哪！""指头中间夹着哪！"在这喊声里，他一慌张，手就愈不灵，抖抖索索搞得他自己也不知道球儿都在哪里了。无怪乎四周的看客只是寥寥一些孩子。

"在他手心里，没错！决没在碗底下！"有个光脑袋的胖小子叫道。

> 感叹号的连续使用，加强孩子们肯定的语气，侧面表现快手刘的"失误"。

我也清楚地看到，快手刘在扣过茶碗的时候，把地上的球儿取在手中。这动作缓慢迟钝，失误就十分明显。孩子们吵着闹着叫快手刘张开手，快手刘的手却攥得紧紧的，朝孩子们尴尬地掬出笑容。这一笑，满脸皱纹都挤在一起，好像一个皱纸团。他几乎用请求的口气说：

"是在碗里呢！我手里边什么也没有……"

当年神气十足的快手刘哪会用这种口气说话？这些稚气又认真的孩子偏偏不依不饶，非叫快手刘张开手不可。他哪能张手，手一张开，一切都完了。我真不愿意看见快手刘这一副狼狈的、惶惑的、无措的窘态。多么希望他像当年那样——由于我自作聪明，揭他老底，迫使他亮出一个捉摸不透的绝招。小球突然不翼而飞，呼之即来。如果他再使一下那个绝招，叫这些不知轻重的孩子领略一下名副其实

102

的快手刘而瞠目结舌多好!但他老了,不再会有那花好月圆的岁月年华了。

我走进孩子们中间,手一指快手刘身旁的木箱说:

"你们都说错了,球儿在这箱子上呢!"

孩子们给我这突如其来的话弄得莫名其妙,都瞅那木箱,就在这时,我眼角瞥见快手刘用一种尽可能的快速度把手里的小球塞到碗下边。

"球在哪儿呢?"孩子们问我。

快手刘笑呵呵翻开地上的茶碗说:

"瞧,就在这儿哪!怎么样?你们说错了吧,买块糖吧,这糖是纯糖熬的,单吃糖也不吃亏。"

孩子们给骗住了,再不喊闹。一两个孩子掏钱买糖,其余的一哄而散。随后只剩下我和从窘境中脱出身来的快手刘,我一扭头,他正瞧我。他肯定不认识我。他皱着花白的眉毛,饱经风霜的脸和灰蒙蒙的眸子里充满疑问,显然他不明白,我这个陌生的青年何以要帮他一下。

> 从揭老底到主动帮助,表达"我"对快手刘的关注与同情。

> "花白""饱经风霜""灰蒙蒙"让我们感受到快手刘生活的艰辛与不易,表达作者的深切同情。

歪 儿

那个暑假，天刚擦黑，晚饭吃了一半，我的心就飞出去了。因为我又听到歪儿那尖细的召唤声："来玩踢罐电报呀——"

"踢罐电报"是那时男孩子们最喜欢的游戏。它不单需要快速、机敏，还带着挺刺激的冒险滋味。它的玩法又简单易学，谁都可以参加。先是在街中央用白粉粗粗画一个圈儿，将一个空洋铁罐儿摆在圈里，然后大家聚拢一起"手心手背"分批淘汰，最后剩下一个人坐庄。坐庄可不易，他必须极快地把伙伴们踢得远远的罐儿拾回来，放到原处，再去捉住一个乘机躲藏的孩子顶替他，才能下庄；可是就在他四处去捉住那些藏身的孩子时，冷不防从什么地方会蹿出一人，"叭"地将罐儿叮里当啷踢得老远，倒霉，又得重新开始……一边要捉人，一边还得防备罐儿再次被踢跑，这真是个苦差事，然而最苦的还要算是歪儿！

歪儿站在街中央，寻着空铁罐左顾右盼，活像一个蒸熟了的小红薯。他细小，软绵绵，歪歪扭扭；眼睛总像睁不开，薄薄的嘴唇有点斜，更奇怪的是他的耳朵，明显地一大一小，像是父子俩。他母亲是苏州人，四十岁才生下这个有点畸形的儿子，取名叫"弯儿"。我们天天都能听到她用苏州腔呼唤儿子的声音，却把"弯儿"错听成"歪儿"。也许这"歪儿"更像他的模样。由于他身子歪，跑起来就打斜，玩踢罐电报便十分吃亏。可是他太热爱

人物特写

这种游戏了,他宁愿坐庄,宁愿徒自奔跑,宁愿一直累得跌跌撞撞……大家玩的罐儿还是他家的呢!

只有他家才有这装芦笋的长长的铁罐,立在地上很得踢,如果要没有这宝贝罐儿,说不定大家嫌他累赘,不带他玩了呢!

我家刚搬到这条街上来,我就加入了踢罐电报的行列,很快成了佼佼者。这游戏简直就是为我发明的——我的个子比同龄的孩子高一头,腿也几乎长一截,跑起来真像骑摩托送电报的邮差那样风驰电掣,谁也甭想逃脱我的追逐。尤其我踢罐儿那一脚,"叭"的一声过后,只能在远处朦胧的暮色里去听它叮里当啷的声音了,要找到它可费点劲呢!这时,最让大家兴奋的是瞅着歪儿去追罐儿那样子,他一忽儿斜向左,一忽儿斜向右,像个脱了轨而瞎撞的破车,逗得大家捂着肚子笑。当歪儿正要发现一个藏身的孩子时,我又会闪电般冒出来,一脚把罐儿踢到视线之外,可笑的场面便再次出现……就这样,我成了当然的英雄,得意非凡;歪儿怕我,见到我总是一脸懊丧。天天黄昏,这条小街上充满着我的迅猛威风和歪儿的疲于奔命。终于有一天,歪儿一屁股坐在白粉圈里,快快无奈地痛哭不止……他妈妈跑出来,操着纯粹的苏州腔朝他叫着骂着,扯他胳膊回家。这愤怒的声音里似乎含着对我们的谴责。我们都感觉自己做了什么不好的事,默默站了一会儿才散。

歪儿不来玩踢罐电报了。他不来,罐儿自然也变了,我从家里拿来一种装草莓酱的小铁罐,短粗,又轻,不但踢不远,有时还踢不上,游戏的快乐便减色许多。那么失去快乐的歪儿呢?我望着他家二楼那扇黑黑的玻璃窗,心想他正在窗后边眼巴巴瞧着我们玩吧!这时忽见窗子一点点开启,跟着一个东西扔下来。这东西掉在地上的声音那么熟悉、那么悦耳、那么刺激,原来正是歪儿那长长的罐儿。我的心头一次感到被一种内疚深深地刺痛了。我迫不及待地朝他招手,叫他来玩儿。

歪儿回到了我们中间。

一切都奇妙又美好地发生了变化。大家并没有商定什么,却不约而同,齐心合力地等待着这位小伙伴了。大家尽力不叫他坐庄;有时他"手心手背"输了,也很快有人情愿被他捉住,好顶替他。大家相互配合,心领神会,作假成真。一次,我看见歪儿躲在一棵大槐树后边正要被发现,便飞身上去,一脚把罐儿踢得好远好远,解救了歪儿,又过去拉着他,急忙藏进一家院内的杂物堆里。我俩蜷缩在一张破桌案下边,紧紧挤在一起,屏住呼吸,却互相能感到对方的胸脯急促起伏,这紧张充满异常的快乐啊!我忽然见他那双眯缝的小眼睛竟然睁得很大,目光兴奋、亲热、满足,并像晨星一样光亮!原来他有这样一双又美又动人的眼睛。是不是每个人都有这样一双眼睛,就看我们能不能把它点亮。

挑山工

一

你见过泰山的挑山工吗？这是种很奇特的人！

不知别处对这种运货上山的民夫怎样称呼。这儿习惯叫作挑山工。单从"挑山"二字，就可以体会出这种工作非凡的艰辛。肩挑着百十斤的重物，从山下直挑到烟云缭绕、鸟儿都难飞得上去的山顶，谁敢一试？更何况，这被誉为"五岳之首"的泰山，自有其巍巍而不可征服的威势。从山根直至极顶处，一条道儿，全是高高的石头台阶，简直就是一架直上直下的万丈天梯。在通向南天门的十八盘道上，那些游山来的健壮的男儿，也不免气喘吁吁；一般人更是精疲力竭，抓着道旁的铁栏，把身子一点点往上移。每爬上十来磴台阶，就要停下来歇一歇。只有这时，你碰到一个挑山工——他给重重的挑儿压塌了腰，汗水湿透衣衫，两条腿上的肌条筋缕都清晰地凸现在外，默不作声，一步一步，吃力又坚韧地走过你身旁，登了上去。你那才算是约略知道"挑山"二字的滋味……

挑山工，大概自古就有。山头那些千年古刹所用的一切建筑材料，都是从山下运上来的。你瞧着这些构造宏伟的古建筑上巨大的梁柱础石、沉重的铜砖铁瓦，再低头俯望一条灰白的山路，如同一根细绳，蜿蜒曲折，没入茫茫的谷底。你就会联想到，当年为了建造这些庙宇寺观，为了这壮观的美，挑山工们付出了怎样艰巨和惊人的劳动！

我少时来游泰山，山顶上还有三四十户人家，家中的男人大多是挑山工，给山上的国营招待所运送食品货物以为生计。清早，他们拿了扁担绳索，带着晨风晓露下山去，后响随着一片暮云夕阳，把货物挑上山来。星光烁烁时，家家都开夜店，留宿在山头住一夜而打算转天早起观瞻日出的游人，收费却比国营招待所低廉。他们的屋子是石头垒的。山上风大，小屋都横竖卧在山道两旁的凹处，屋顶与道面一般平。屋里边简陋得几乎什么也没有，用来招待客人的，只有一条脏被和热开水。为了招待主顾，各家门首还挂着一个小幌牌，写着店名。有的叫"棒槌店"，就在木牌两边挂一对小木棒槌；有的叫"勺儿店"，便挂一对乌黑的小生铁勺儿，下边拴些红布穗子，随风摇摆，叮当轻响。不过，你在这店里睡不好觉。劳累了一天的挑山工和客人们睡在一张炕上。他们要整整打上一夜松涛般呼呼作响的鼾……

在这些小石屋中间，摆着一件非常稀罕的东西。远看一人多高，颜色发黑，又圆又粗，两个人才能合抱过来。上边缀满繁密而细碎的光点，熠熠闪烁，好像一块巨型的金星石。近处一看，原来是一口特大的水缸，缸身满是裂缝，那些光点竟是数不清的连合破缝的锔子，估计总有一两千个。颇令人诧异。我问过山民，才知道，山顶没有泉眼，缺水吃，山民们用这口缸储存雨水。为什么打了这么多锔子呢？据说，三百多年前，山上住着一百多户人家。每天人们要到半山间去取水，很辛苦。一年，从这些人家中，长足了八个膀大腰圆、力气十足的小伙子。大家合计一下，在山下的泰安城里买了这口大缸。由这八个小伙子出力，整整用了七七四十九天,才把大缸抬到山顶。以后,山上人家愈来愈少,再也不能凑齐那样八个健儿,抬一口新缸来。每次缸裂了,便到山下请上来一位锔缸的工匠,锔上裂缝。天长日久,就成了这样子。

听了这故事,你就不会再抱怨山顶饭菜价钱的昂贵。山上烧饭用的煤,也是一块块挑上来的呀!

二

在泰山上,随处都可以碰到挑山工。他们肩上架一根光溜溜的扁担,两端翘起处,垂下几根绳子,拴挂着沉甸甸的物品。登山时,他们的一条胳膊搭在扁担上,另一条胳膊垂着,伴随登踏的步子有节奏地一甩一甩,以保持身体平衡。他们的路线是折尺形的——先从台阶的一端起步,斜行向上,登上七八级台阶,就到了台阶的另一端;便转过身子,反方向斜行,到一端再转回来,一曲一折向上登。每次转身,扁担都要换一次肩,这样才能使垂挂在扁担前头的东西不碰在台阶的边沿上,也为了省力。担了重物,照一般登山那样直上直下,膝头是受不住的。但路线曲折,就使路程加长。挑山工登一次山,大约多于游人路程的一倍!

你来游山,一路上观赏着山道两旁的奇峰异石、巉岩绝壁、参天古木、飞烟流泉,心情喜悦,步子兴冲冲。可是当你走过这些肩挑重物的挑山工的身旁时,你会禁不住用一种同情的目光,注视他们一眼。你会因为自己身无负载而备觉轻松,反过来,又为他们感到吃力和劳苦,心中生出一种负疚似的情感……而他们呢?默默的,不动声色,也不同游人搭话——除非向你问问时间,一步步慢吞吞地走自己的路。任你怎样嬉叫闹喊,也不会惊动他们。他们总用一种缓慢又平均的速度向上登，很少停歇。脚底板在石阶上发出坚实有力的嚓嚓声。在他们走过之处，常常会留下零零落落的汗水的滴痕……

奇怪的是，挑山工的速度并不比你慢。你从他们身边轻快地超越过去，自觉把他们甩在后边很远。可是，你在什么地方饱览四外雄美的山色，或在道边诵读与抄录凿刻在石壁上的爬满青苔的古人的题句，或在喧闹的溪流前洗脸濯足，他们就会从你身旁慢吞吞、不声不响地走过去，悄悄地超过了你。等你发现他走在你的前头时，会吃一惊，茫然不解，以为他们是像仙人那样腾云驾雾赶上来的。

有一次，我同几个画友去泰山写生，就遇到过这种情况。我们在山下的斗姥宫前买登山用的青竹杖时，遇到一个挑山工。矮个子，脸儿黑生生，眉毛很浓，大约四十来岁；敞开的白土布褂子中间露出鲜红的背心。他扁担一头拴着几张黄木凳子，另一头捆着五六个青皮西瓜。我们很快就越过他去。可是到了回马岭那条陡直的山道前，我们累了，舒开身子，躺在一块平平的被山风吹得干干净净的大石头上歇歇脚，这当儿，竟发现那挑山工就坐在对面的草茵上抽着烟。随后，我们差不多同时起程，很快就把他甩在身后，直到看不见。但当我爬上半山的五松亭时，却见他正在那株姿态奇特的古松下整理他的挑儿。褂子脱掉，现出黑黝黝、健美的肌肉和红背心。我颇感惊异，走过去假装问道，让支烟，跟着便没话找话，和他攀谈起来。这山民倒不拘束，挺爱说话。他告诉我，他家住在山脚下，天天挑货上山。一年四季，一天一个来回。他干了近二十年。然后他说："您看俺个子小吗？干挑山工的，长年给扁担压得长不高，都是矮粗。像您这样的高个儿干不了这种活儿。走起来，晃晃悠悠哪！"

他逗趣似的一抬浓眉,咧开嘴笑了,露出皓白的牙齿。山民们喝泉水,牙齿都很白。

这么一来,谈话更随便些,我便把心中那个不解之谜说出来:

"我看你们走得很慢,怎么反而常常跑到我们前边来了呢?你们有什么近道儿吗?"

他听了,黑生生的脸上显出一丝得意之色。他吸一口烟,吐出来,好像做了一点思考,才说:

"俺们哪里有近道,还不和你们是一条道!你们是走得快,可你们在路上东看西看,玩玩闹闹,总停下来呗!俺们跟你们不一样。不能像你们在路上那么随便,高兴怎么就怎么。一步踩不实不行,停停住住更不行。那样,两天也到不了山顶。就得一个劲儿总往前走。别看俺们慢,走长了就跑到你们前边去了。瞧,是不是这个理儿?"

我笑吟吟,心悦诚服地点着头。我感到这山民的几句话里,似乎包蕴着一种意味深长的哲理,一种切实而朴素的思想。我来不及细细嚼味,作些引申,他就担起挑儿起程了。在前边的山道上,在我流连山色之时,他还是悄悄超过了我,提前到达山顶。我在极顶的小卖部门前碰见他,他正在那里交货。我们的目光相遇时,他略表相识地点头一笑,好像对我说:

"瞧,俺可又跑到你的前头来了!"

我自泰山返回家后,就画了一幅画——在陡直而似乎没有尽头的山道上,一个穿红背心的挑山工给肩头的重物压弯了腰,却一步步、不声不响、坚韧地向上登攀。多年来,这幅画一直挂在我的书桌前,不肯换掉,因为我需要它……

记韦君宜

我不知道为什么,对一个人深入的回忆,非要到他逝去之后。难道回忆是痛苦带来的吗?

一九七七年春天我认识了韦君宜。我真幸运,那时我刚刚把一只脚怯生生踏在文学之路上。我对自己毫无把握。我想,如果我没有遇到韦君宜,我以后的文学可能完全是另一个样子。我认识她几乎是一种命运。

但是这之前的十年"文革"把我和她的历史全然隔开。我第一次见到她时,并不清楚她是谁,这便使我相当尴尬。

当时,李定兴和我把我们的长篇处女作《义和拳》的书稿寄到人民文学出版社。尽管我脑袋里有许多天真的幻想,但书稿一寄走便觉得希望落空。这因为人民文学出版社是公认的国家文学出版社。面对这块牌子谁会有太多的奢望?可是没过多久,小说北组(当时出版社负责长江以北的作者书稿的编辑室)的组长李景峰便表示对这部书稿的热情与主动,这一下使我和定兴差点成了一对范进。跟着出版社就把书稿打印成厚厚的上下两册征求意见本,分别在京津两地召开征求意见的座谈会。那时的座谈常常是在作品出版之前,绝不是当下流行的一种炒作或造声势,而是为了尽量提高作品的出版质量。于是,李景峰来到天津,还带来一个身材很矮的女同志,他说她是"社领导"。当李景峰对我说出她的姓名时,那神气似乎在等待我的一番惊喜,但我却只是陌生又迟疑地朝她点头。我当时脸上的笑容肯定也很窘。后来我才知道她在文坛上的名气,并恨自己的无知。

座谈会上我有些紧张,倒不是因为她是"社领导",而是她几乎一言不发。我不知该怎么跟她说话。会后,我请他们去吃饭——这顿饭的"规格"在今天看来简直难以想象!一九七六年的大地震毁掉了我的家,我全家躲到朋友家的一间小屋里避难。在我的眼里,劝业场后门那家卖锅巴菜的街头小铺就是名店了。这家店一向屋小人多,很难争到一个凳子。我请韦君宜和李景峰占一个稍松快的角落,守住小半张空桌子,然后去买牌,排队,自取饭食。这饭食无非是带汤的锅巴、热烧饼和酱牛肉。待我把这些东西端回来时,却见一位中年妇女正朝着韦君宜大喊大叫。原来韦君宜没留意坐在了她占有的一张凳子上。这中年妇女很凶,叫喊时龇着长牙,青筋在太阳穴上直跳,韦君宜躲在一边不言不语,可她还是盛怒不息。韦君宜也不解释,睁着圆圆的一双小眼睛瞧着她,样子有点窝囊。有个汉子朝这不依不饶的女人说:"你的凳子干吗不拿着,放在那里谁不坐?"这店的规矩是只要把凳子弄到手,排队取饭时便用手提着凳子或顶在脑袋上。多亏这汉子的几句话,一碗水似的把这女人的火气压住。我赶紧张罗着换个地方,依然没有凳子坐,站着把东西吃完,他们就要回北京了。这时韦君宜对我说了一句话:"还叫你花了钱。"这话虽短,甚至有点吞吞吐吐,却含着一种很恳切的谢意。她分明是那种羞于表达、不善言谈的人吧!这就使我更加尴尬和不安。多少天里一直埋怨自己,为什么把他们领到这种拥挤的小店铺吃东西。使我最不忍的是她远远跑来,站着吃一顿饭,无端端受了那女人的训斥和恶气,还反过来对我诚恳地道谢。

不久我被人民文学出版社借去修改这部书稿。住在北京朝内大街166号那幢灰色而陈旧的办公大楼的顶层。凶厉的"文革"刚刚撤离,文化单位依然存着肃寂的气息,揭批查的大字报挂满走廊。人一走过,大字报哗哗作响。那时"伤痕文学"尚未出现,作家们仍未解放,只是那些拿着这枷锁钥匙的家伙不知跑到哪里去了。出版社从全国各地借调来改稿的业余作者,每四个人挤在一间小屋,各自拥抱着一张办公桌,抽烟、喝水、写作;并把自己独有的烟味和身体气息浓浓地混在这小小空间里,有时从外边走进来,气味真有点噎人。我每改过一个章节便交到李景峰那里,他处理过再交到韦君宜处。韦君宜是我的终审,我却很少见到她,大都是经由李景峰间接听到韦君宜的意见。李景峰是个高个子、朴实的东北人,编辑功力很深,不善于开会发言,但爱聊天,话说到高兴时喜欢把裤腿往上一捋,手拍着白白的腿,笑嘻嘻地对我说:"老太太(人们对韦君宜背后的称呼)又夸你了,说你有灵气,贼聪明。"李景峰总是死死守护在他的作者一边,同忧同喜,这样的编辑已经不多见了。我完全感觉得到,只要他在韦君宜那里听到什么好话,便恨不得马上跑来告诉我。他每次说完准又要加上一句:"别翘尾巴呀,你这家伙!"我呢,就这样地接受和感受着这位责编美好又执着的情感。然而,我每逢见到韦君宜,她却最多朝我点点头,与我擦肩而过,好像她并没有看过我的书稿。她走路时总是很快,嘴巴总是自言自语那样嗫嚅着,即使迎面是熟人也很少打招呼。可是一次,她忽然把我叫去。她坐在那堆满书籍和稿件的书桌前——她天天肯定是从这些书稿中"挖"出一块桌面来工作的。这次她一反常态,滔滔不绝;她与我谈起对聂士成和马玉昆的看法，再谈我们这部小说人物的结局，人物的相互关系，史料的运用与虚构，还有我的一些语病。她令我惊讶不已，原来她对我们这部五十五万字的书稿每个细节都看得入木三分。然后，她从满桌书稿中间的盆地似的空间里仰起脸来对我说："除去那些语病必改，其余凡是你认为对的，都可以不改。"这时我第一次看见了她的笑容，一种温和的、满意的、欣赏的笑容。

这是我永远不会忘记的一个笑容。随后，她把书桌上一个白瓷笔筒底儿朝天地翻过来，笔筒里的东西"哗"地全翻在桌上。有铅笔头、圆珠笔芯、图钉、曲别针、牙签、发卡、眼药水等，她从这乱七八糟的东西间找到一个铁夹子——她大概从来都是这样找东西的。她把几页附加的纸夹在书稿上，叫我把书稿抱回去看。我回到五楼一看便惊呆了。这书稿上密密麻麻竟然写满她修改的字迹，有的地方用蓝色圆珠笔改过，再用红色圆珠笔改，然后用黑圆珠笔又改一遍。想想，谁能为你的稿子付出这样的心血？

我那时工资很低，还要分出一部分钱放在家里。每天抽一包劣质而辣嘴的"战斗牌"烟卷，近两角钱，剩下的钱只能在出版社食堂里买那种五分钱一碗的炒菠菜。往往这种日子的一些细节刀刻一般记在心里。比如那位已故的、曾与我同住一起的新疆作家沈凯，一天晚上他举着一个剥好的煮鸡蛋给我送来，上边还撒了一点盐，为了使我有劲熬夜。再比如朱春雨一次去"赴宴"，没忘了给我带回一块猪排骨，他用稿纸画了一个方碟子，下面写上"冯骥才的晚餐"，把猪排骨放在上边。至今我仍然保存着这张纸，上面还留着那块猪排骨的油渍。有一天，李景峰跑来对我说："从今天起出版社给你一个月十五块钱的饭费补助。"每天五角钱！怎么会有这样天大的好事？李景峰笑道："这是老太太特批的，怕饿垮了你这大个子！"当时说的一句笑话，今天想起来，我却认真地认为，我那时没被那几十万字累垮，肯定就有韦君宜的帮助与爱护了。

我不止一次听到出版社的编辑们说，韦君宜在全社大会上说我是个"人才"，要"重视和支持"。然而，我遇到她，她却依然若无其事，对我点点头，嘴里自言自语似的嗫嚅着，匆匆擦肩而过。可是我似乎已经习惯了这种没有交流的接触方式。她不和我说话，但我知道我在她心里的位置；她是不是也知道，我虽然没有任何表示，她在我心里却有个很神圣的位置？

在我的第二部长篇小说《神灯前传》出版时，我去找她，请她为我写一篇序。我做好被回绝的准备。谁知她一听，眼睛明显地一亮，她点头应了，嘴巴又嚅动几下，不知说些什么。我请她写序完全是为了一种纪念，纪念她在我文字中所付出的母亲般的心血，还有那极其特别的从不交流却实实在在的情感。我想，我的书打开时，首先应该是她的名字。于是《神灯前传》这本书出版后，第一页便是韦君宜写的序言《祝红灯》。在这篇序中依然是她惯常的对我的方式，朴素得近于平淡，没有着意的褒奖与过分的赞誉，更没有现在流行的广告式的语言，最多只是"可见用功很勤"，"表现作者运用史料的能力和历史的观点都前进了"，还有文尾处那句"我祝愿他多方面的才能都能得到发挥"。可是语言有时却奇特无比，别看这几句寻常话语，现在只要再读，必定叫我一下子找回昨日那种默默又深深的感动……

韦君宜并不仅仅是伸手把我拉上文学之路。此后"伤痕文学"崛起时，我那部中篇小说《铺花的歧路》的书稿在人民文学出版社内部引起争议。当时"文革"尚未在政治上全面否定，我这部彻底揭示"文革"的书稿便很难通过。一九七八年冬天在和

人物特写

平宾馆召开的"中篇小说座谈会"上,韦君宜有意安排我在茅盾先生在场时讲述这部小说,赢得了茅公的支持。于是,阻碍被扫除,我便被推入了"伤痕文学"激荡的洪流中……

此后许多年里,我与她很少见面。以前没有私人交往,后来也没有。但每当想起那段写作生涯,那种美好的感觉依然如初。我与她的联系方式却只是新年时寄一张贺卡,每有新书便寄一册,看上去更像学生对老师的一种含着谢意的汇报。她也不回信,我只是能够一本本收到她所有的新作。然而我非但不会觉得这种交流过于疏淡,反而很喜欢这种绵长与含蓄的方式——一切尽在不言之中。人间的情感无须营造,存在的方式各不相同。灼热的激发未必能够持久,疏淡的方式往往使醇厚的内涵更加意味无穷。

大前年秋天,王蒙打来电话说,京都文坛的一些朋友想聚会一下为老太太祝寿。但韦君宜本人因病住院,不能来了。王蒙说他知道韦君宜曾经厚待于我,便通知我。王蒙也是个怀旧的人。我好像受到某种触动,忽然激动起来,在电话里大声说,是呀、是呀,一口气说出许多往事。王蒙则用他惯常的玩笑话认真地说:"你是不是写几句话传过来,表个态,我替你宣读。"我便立即写了一些话用传真传给王蒙。于是我第一次直露地把我对她的感情写出来,我满以为老太太总该明白我这份情意了。但事后我知道老太太由于几次脑血管病发作,头脑已经不十分清楚了。瞧瞧,等到我想对她直接表达的时候,事情又起了变化,依然是无法沟通!但转念又想,人生的事,说明白也好,不说明白也好,只要真真切切地在心里就好。

尽管老太太走了,这些情景却仍然——并永远地真真切切保存在我心里。人的一生中,能如此珍藏在心里的故人故事能有多少?于是我忽然发现,回忆不是痛苦的,而是寂寥人间一种暖意的安慰。

怀念老陆

近些天常常想起老陆来。想起往日往事的那些难忘的片断，还有他那张始终是温和与宁静的脸，一如江南的水乡。

老陆是我对他的称呼。国文和王蒙则称他文夫。他们是一代人。世人分辈，文坛分代。世上一辈二十岁，文坛一代是十年。我视上一代文友有如兄长。老陆是我对他一种亲热的尊称。

我和老陆一南一北很少往来，偶然在京因会议而邂逅，大家聚餐一处，老陆身坐其中，话不多，但有了他便多一份亲切。他是那种人——多年不见也不会感到半点陌生和隔膜。他不声不响坐在那里，看着从维熙逞强好胜地教导我，或是张贤亮吹嘘他的西部影城如何举世无双，从不插话，只是面含微笑地旁听。我喜欢他这种无言的笑，温和、宽厚、理解，他对这些个性大相径庭的朋友总是抱之以一种欣赏——甚至是享受。

这不能被简单地解释为"与世无争"。没有一个作家会在思想原则上做和事佬。凡是读过他的《围墙》乃至《美食家》的，都会感受到他的笔尖里的针芒。只不过他常常是绵里藏针。我想这既源自他的天性，也来自他的小说观。他属于那种艺术性的作家，他把小说当作一种文本的和文字的艺术。高晓声和汪曾祺都是这样。他们非常讲究技巧，但不是技术的，而是艺术的和审美的。

一次我到无锡开会，就近去苏州拜访他。他陪我游拙政、网师诸园。一边在园中游赏，一边听他讲苏州的园林。他说，苏州园林的最高妙之处，不是玲珑剔透，极尽精美，而是曲曲折折，没有穷尽。每条曲径与回廊都不会走到头。有时你以为走到了头，但那里准有一扇小门或小窗。推开望去，又一番风景。说到此处，他目光一闪说："就像短篇小说，一层包着一层。"我接着说："还像吃桃子，吃去桃肉，里边有个核儿，敲开核儿，又一个又白又亮又香的桃仁。"老陆听了很高兴，禁不住说："大冯，你算懂小说的。"

此时，眼前出现一座水边的厅堂。那里四边怪石相拥，竹树环合，水光花影投射厅内，厅中央陈放着待客的桌椅，还有一口天青色素釉的瓷缸，缸里插着一些长长短短的书轴画卷。乃是每有友人来访，本园主人便邀客人在此欣赏书画。厅前悬挂一匾，写着"听松读画堂"。老陆问我，为什么写"读画"不写"看画"，画能读吗？我说，这大概与中国画讲究文学性有关。古人常说的"诗画相生"或"诗是无形画，画是有形诗"。这些诗意与文学性藏在画中，不能只用眼看，还要靠读才能理解到其中的意味。老陆说，其实园林也要读。苏州园林真正的奥妙是这里边有诗文，有文学。我听到的能对苏州园林做出如此彻悟的只有二位：一是园林大师陈从周——他说苏州园林有书卷气；另一位便是老陆，他一字道出欣赏苏州园林乃至中国园林的要诀：读。

读，就是从文学从诗的角度去体会园林内在的意蕴。

记得那天傍晚，老陆在得月楼设宴招待我。入席时我心中暗想，今儿要领略一下这位美食家的真本领究竟在哪里了。席间每一道菜都是精品，色香味俱佳，却看不出美食家有何超人的讲究。饭菜用罢，最后上来一道汤，看上去并非琼汁玉液，入口却是又清爽又鲜美,直喝得胃肠舒服,口舌愉悦,顿时把这顿美席提升到一个至高境界。大家连连呼好。老陆微笑着说:"一桌好餐关键是最后的汤。汤不好,把前边的菜味全遮了;汤好,余味无穷。"然后目光又是一闪,好似来了灵感,他瞅着我说:"就像小说的结尾。"

我笑道:"老陆,你的一切全和小说有关。"

于是我更明白老陆的小说缘何那般精致、透彻、含蓄和隽永。他不但善于从生活中获得写作的灵感,还长于从各种意味深长的事物里找到小说艺术的玄机。

然而生活中的老陆并不精明,甚至有点"迂"。我听到过一个关于他"迂"到极致的笑话。那是20世纪80年代中期,老陆当选中国作协副主席。据说苏州当地政府不知他这职务是什么"级别",应该按什么"规格"对待。电话打到北京,回答很模糊,只说"相当于副省级"。这却惊动了地方,苏州还没有这么大的官儿,很快就分一座两层小楼给他,还配给他一辆小车。老陆第一次在新居接待外宾就出了笑话。那天,他用车亲自把外宾接到家来。但楼门口地界窄,车子靠边,只能由一边下人。老陆坐在外边,应当先下车。但老陆出于礼貌,让客人先下车,客人在里边出不来,老陆却执意谦让,最后这位国际友人只好说声"对不起",然后伸着长腿跨过老陆跳下车。

后来见到老陆,我向他核实这则文坛逸闻的真伪。老陆摆摆手,什么也不说,只是笑。不知这摆手,是否定这个瞎诌的玩笑,还是羞于再提那次的傻实在?

说起这摆手,我永远会记着另一件事。那是1991年冬天,我在上海美术馆开画展。租了一辆卡车,运满满一车画框由天津出发,车子走了一天,凌晨四时途经苏州时,司机打盹,一头扎进道边的水沟里,许多画框玻璃粉粉碎。当时我不知道这件事,身在苏州的陆文夫却听到消息。据说在他的关照下,用拖车把我的车拉出沟,并拉到苏州一家车厂修理,还把镜框的玻璃全部配齐。这便使我三天后在上海的画展得以顺利开幕,否则便误了大事。事后我打电话给老陆,几次都没找到他。不久在北京遇到他,当面谢他。他还是伸出那瘦瘦的手摆了摆,笑了笑,什么也没说。

他的义气,他的友情,他的真切,都在这摆摆手之间了。这一摆手,把人间的客套全都挥去,只留下一片真心真意。由此我深刻地感受到他的气质。这气质正像本文开头所说的一如江南水乡的宁静、平和、清淡与透彻,还有韵味。

作家比其他艺术家更具有生养自己的地域的气质。作家往往是那一块土地的精灵。比如老舍和北京,鲁迅和绍兴,巴尔扎克和巴黎。他们的心时时感受着那块土地的欢乐与痛苦。他们的生命与土地的生命渐渐地融为一体——从精神到形象。这便使我们一想起老陆,总会在眼前晃过苏州独有的景象。于是,老陆去世那些天,提笔作画,不觉间一连画了三四幅水墨的江南水乡。妻子看了,说你这几幅江南水乡意境很特别,静得出奇,却很灵动,似乎有一种绵绵的情味。我听了一怔,再一想,我明白了,我怀念老陆了。

文化传承

灵魂的巢

对于一些作家，故乡只属于自己的童年；它是自己生命的巢，生命在那里诞生；一旦长大后羽毛丰满，它就远走高飞。但我却不然，我从来没有离开过自己的家乡。我太熟悉一次次从天南海北，甚至远涉重洋旅行归来而返回故土的那种感觉了。只要在高速路上看到"天津"的路牌，或者听到航空小姐说出它的名字，心中便充溢着一种踏实，一种温情，一种彻底的放松。

我喜欢在夜间回家，远远看到家中亮着灯的窗子，一点点愈来愈近。一次，一位生活杂志的记者要我为"家庭"下一个定义。我马上想到这个亮灯的窗子，柔和的光从纱帘中透出，静谧而安详。我不禁说："家庭是世界上唯一可以不设防的地方。"

我的故乡给了我的一切。

父母、家庭、孩子、知己和人间不能忘怀的种种情谊。我的一切都是从这里开始。无论是咿咿呀呀地学话还是一部部十数万字或数十万字的作品的写作；无论是梦幻般的初恋还是步入茫茫如大海的社会。当然，它也给我人生的另一面，那便是挫折、穷困、冷遇与折磨，以及意外的灾难，比如抄家和大地震，都像利斧一样，至今在我心底留下了永难平复的伤痕。我在这个城市里搬过至少十次家。有时真的像老鼠那样被人一边喊打一边轰赶。我还有过一次非常短暂的神经错乱，但若有神助一般地被不可思议地纠正回来。在很多年的生活中，我都把多一角钱肉馅的晚饭当作美餐，把那些帮我说几句好话的人认作贵人。然而，就是在这样的困境中，我触到了人生的真谛，从中掂出种种情义的分量，也看透了某些脸后边的另一张脸。我们总说生活不会亏待人。那是说当生活把无边的严寒铺盖在你身上时，一定还会给你一根火柴。就看你识不识货，是否能够把它擦着，烘暖和照亮自己的心。

写到这里，很担心我把命运和生活强加给自己的那些不幸，错怪是故乡给我的。我明白，在那个灾难没有死角的时代，即使我生活在任何城市，都同样会经受这一切。因为我相信阿·托尔斯泰那句话，在我们拿起笔之前，一定要在火里烧三次，血水里泡三次，碱水里煮三次。只有到了人间的底层才会懂得，唯生活解释的概念才是最可信的。

然而，不管生活是怎样的滋味，当它消逝之后，全部都悄无声息地留在这城市中了。因为我的许多温情的故事是裹在海河的风里的；我挨批挨斗就在五大道上。一处街角，一个桥头，一株弯曲的老树，都会唤醒我的记忆，使我陡然"看见"昨日的影像，它常常叫我骄傲地感觉到自己拥有那么丰富又深厚的人生。而我的人生全装在这个巨大的城市里。

更何况，这城市的数百万人，还有我们无数的先辈，也都把他们的人生故事书写在这座城市中了。一座城市怎么会有如此庞博的承载与记忆？别忘了——城市还有它自身非凡的经历与遭遇呢！

最使我痴迷的还是它的性格。这性格一半外化在它的形态上，一半潜在它的地域气质里。这后一半好像不容易看见，它深刻地存在于此地人的共性中。城市的个性是当地的人一代代无意中塑造出来的。可是，城市的性格一旦形成，就会反过来同化这个城市的每一个人。我身上有哪些东西来自这个城市的文化，孰好孰坏？优根劣根？我说不好。我却感到我和这个城市的人们浑然一体，我和他们气息相投，相互心领神会，有时甚至不需要语言交流。我相信，对于自己的家乡就像对你真爱的人，一定不只是爱它的优点。或者说，当你连它的缺点都觉得可爱时——它才是你真爱的人，才是你的故乡。

一次，在法国，我和妻子南下去到马赛。中国驻马赛的领事对我说，这儿有位姓屈的先生，是天津人，听说我来了，非要开车带我到处跑一跑。待与屈先生一见，情不自禁说出两三句天津话，顿时一股子唯津门才有的热烈与义气劲儿扑入心头。屈先生一踩油门，便从普罗旺斯一直跑到西班牙的巴塞罗那。一路上，说的尽是家乡的新闻与旧闻、奇人趣事，直说得浑身热辣辣，五体流畅，上千公里的漫长的路竟全然不觉。到底是什么东西使我们如此亲热与忘情？

家乡把它怀抱里的每个人都养育成自己的儿女。它哺育我的不仅是海河蔚蓝色的水和亮晶晶的小站稻米，更是它斑斓又独异的文化。它把我们改造为同一的文化血型，它精神的因子已经注入我的血液中。这也是我特别在乎它的历史遗存、城市形态乃至每一座具有纪念意义的建筑的缘故。我把它们看作是它精神与性格之所在，而绝不仅仅是使用价值。

我知道，人的命运一半在自己手里，一半还得听天由命。今后我是否还一直生活在这里尚不得知。但无论到哪里，我都是天津人。不仅因为天津是我的出生地——它绝不只是我生命的巢，而且是灵魂的巢。

挽住我的老城

近些天，常有古董贩子找我，言其手中有宝，叫我"开眼"。问其何物，来自何处，都说是天津老城。我听了怦然心动！自从前年我组织那次"旧城文化采风"，此后于那里的砖石草木，心皆系之。然而，近闻老城的改造突然"增加力度"，先要将几条大道贯穿其间，余下的便是房产开发商们施展才（财也）干。这样，大片大片的古屋老宅，不论其历史人文的价值如何，一概全在横扫之列。据说古董贩子们纷纷闻风而至。古董贩子胜于开发商者，便是知道这些破砖烂瓦也是生财之物。于是，积淀了近六百年的老城被掀个底儿朝天，翻箱倒柜，任凭这些贩子挑肥拣瘦。

大前天，有个家住老城的贩子约我去看看老东西。我半年未进老城，借此也看看，一看真的惊呆了。颓墙断壁，触目皆是；在推土机的轰鸣中，城中多处已被夷为空荡荡的平地。我禁不住问：海张五那大宅子呢？明代的文井呢？益德王家那座拱形的刻砖门楼呢？还有……柳家大院那些豪华又壮观的木雕花罩呢？答话的人倒是省事，只说三个字：全没了！谁弄走了？文管部门？房管部门？房主还是贩子们？难道被民工们的大锤全砸了？答话更是省事，还是三个字：谁知道！在一种强烈的虚无感和失落感中，我还感到历史文化出现了一片迷茫与空白。人类在自己的"进步"面前真是无奈。待我随着这小贩走进一间很大的房间，才

文化传承

知道老城当今真正的状态。

这大屋像个仓库，堆满旧家具，还有许许多多从老房拆下的梁柱门窗，镂花隔扇，砖雕石刻。这些被拆得七零八落的东西，带着旧尘老土的浓烈气味，黑糊糊，破破烂烂，好像一堆堆残肢败体。注目细瞧，却识得这些建筑构件无一不是精致讲究。尤其那些隔扇门，至少一丈高，一色是铺地锦图案，八字榫对接得天衣无缝。一看这古雅而沉静的形制，便能确信一准是清代中前期豪门巨宅的物品。经问方知，果然这里是津门二百多年的金家老宅，而现在这间房子就是金家的书房！这金家始自清初康熙年间的山水画大家金玉岗（芥舟），即以丹青翰墨代代相传。此后嘉道间之金龙节、清末民初之金俊萱，都是一时学者名士。正是他们，濡染了这一方土地的醇厚的文雅。可如今难道就这么干脆利索地一下子连根拔掉了吗？我记得前年考察过这里，但无论如何也对不上号。跑出屋看这才明白，原来周围的房院、影壁、高墙已被铲除，满地瓦砾，这书房由于不在规划中新辟的道路范围之内，暂时被孤零零地搁置一旁，等待着开发商们来发落。我怀着一种凄凉心情回到屋中，再看小贩一件件展示出的老城的，特别是金家的遗物，便全部都视若珍宝了。因为这是老城最后的一点文化遗存了。

一副竹丝拼花衬底的刻竹对联，应是这书房的原物；两块墀头上的砖雕，一为"麒麟送子"，一为"状元及第"，无论从这一题材所流行的时代来判断，还是从雕刻的风格与手法（主要是雕刻的深度）来确认，无疑是马顺清时期（清代中期）的作品。还有一些版画、书轴，尤其是几册此地文人孟广慧的信札，粗看数纸，就能知道这些信札包含着丰富的本地文化与社会的信息……可是我很糟糕，由于刚刚那种文化的失落感过重，此刻便生怕这些老城的遗物流散掉，完全失去了对付这种小贩应有的聪明，而只是连连对这些东西呼好叫妙，议论出其中的门道，毫不掩饰对这些仅存无多的遗物的珍视与迫切心情。在古董交易中，这是犯大忌的。此时小贩已经把我视作了他的掌中物。待我问价，他脱口一说，便是天价。老城的情结使我又陷尴尬，我只好说回去想想再谈。小贩与我分手时还对我加一点压力，他说："现在有不少贩子在老城里转来转去寻找老东西呢。我可是第一个给您看的。"看来，我已经没有余地了。如果我不出高价来买，这些老城的遗物岂不从我手里溜掉？此时我真的感到，人间万物皆有命运。小到一只杯子，大到一座城池乃至一个国家和民族。该兴则兴，该亡则亡。轮到消失之日，一如风吹尘散，谁也无法子挡住。你费力收回来的，最多也不过是一撮灰白色的、无机的骨灰吧！

　　渐渐地，我开始运用阿Q式自我安慰法来平衡自己，并获得成功。我暗自庆幸自己曾经干过的那件事富于远见。这便是自一九九四年十二月三十日的"旧城文化采风"。本来这一行动计划从租界区的洋房入手，此时，媒体忽然爆出新闻，政府与香港一家房地产开发集团公司合作，要对天津老城进行彻底的现代化改造。我马上意识到抢救老城乃是首要的事。遂组织历史、文化、建筑、民俗各界仁人志士，会同摄影家数十位，风风火火进入天津老城展开一次地毯式考察。经过整整一年半的努力——我们是于一九九六年七月天津老城改造动工时结束这一行动的——摄得具有历史文化内涵的照片五千余帧。然后精选部分，出版一部大型画集，名为《旧城遗韵》。由于仓促上马，行动急迫，工作得还嫌粗糙，疏漏处也必然不少。但这毕竟是天津老城改造前一次罕见的民间性的文化抢救，也是天津老城有史以来最广泛、最大规模的学术考察。记得一九九五年除夕之夜，一位摄影家爬到西北

 文化传承

角天津大酒店十一层的楼顶，在寒风里拍下天津老城最后一个除夕子午交时万炮升空的景象。我看到这张照片，几乎落下泪来。因为我感到了这座古城的生命就此辉煌地定格。这一幕很快变成过往不复的历史画面。我们无法拯救它，但我们也无愧于老城——究竟把它的遗容完整地放在一部画册里了。

这部画集我只印了一千部。为了强调它的珍贵性，也为了一种文化的尊严。我就是要造成这样一种文化的崇高感：文化的老城和老城的文化，都必须是虔诚的觅求才能见到的。

可是，在这部画集的油墨香味尚未散尽时，老城已经失去近半。许多名门豪宅已然荡涤一空，在地球表面上抹去，虽然它们全都有姿有态、巨细无遗地保留在我这部画集里。可我不是容易满足的人。我仍不甘心。前几天，在市政协换届的开幕式上，我找到主管城市建设的王德惠副市长。他是能够理解我的想法的一位领导人。我对他说："天津人世世代代总共用了六百年，在老城里凝聚和营造成一种独特的文化，不能叫它散了。现在公家、私家、古董贩子，都在乘乱下手，快把老城这点文化分完了。应该建一座博物馆，把这些东西搬进去！"这位副市长说："我也早就想搞个老城博物馆，你说该怎么办？"我听了很高兴，说道："那就得赶紧筹备，但远水解不了近渴，必须马上行动起来，先把老城的文化留住。我可以牵头动手来做。但必须您发话！"

他答应了。以我与这位副市长的交往来看，他是有文化良心的。当然这十分难得。

果然，今天民俗博物馆的蔡馆长来电话说，王德惠副市长在我与他谈话的转天，就已经叫老城所在南开区的区长，尽快找我研究保护老城文物一事。一时我真有一种起死回生的感觉，好像浑身全是办法了。

我想，首先要把鼓楼东那座环卫局办公的大院保留住，这座至少有四套院的构造精美的大房子是最理想的老城博物馆的馆址。然而比这件事更要紧的是阻止老城文物的流失，这就必须组织人力，穿街入巷，征集文物。文物包含甚广，必须有专家参与。还要由政府拨出几间大屋，将征集到的文物，分类编号，暂时存放保管起来。关于征集这些文物的经费与方法，我忽来灵感，突发奇想——应该搞一个"捐赠博物馆"！动员城中百姓在离开老城时，把老城的文化留在这块热土上。唯有这样才能尽快地把老城文物征集上来。将我们去"找"，变为百姓的"送"。津地百姓急公好义，乡情尤浓，这做法肯定能立见功效，而且这件事本身也是一次乡情的大启动。对于我来说，再也没有启动感情的事会令我倾尽全力的了。

于是我与蔡馆长约好，明天下午三时，南开区的区长、文化局长、城建局长等一行人到我的大树画馆商议此事。我已经做好准备，要牢牢抓住这个关乎老城命运的最后一次机会。我知道在当今中国，许多文化上的事最终还得通过官员才能做到；我还清清楚楚知道，历史交给我们这一代文化人的事情是什么。

我从现在起时时都在想着明天下午三时。刚刚心血来潮，提笔写了一个条幅：

我们今天为之努力的，都是为了明天的回忆。

我们共同的日子

个人一年一度最重要的日子是生日，大家一年一度最重要的日子是节日。节日是大家共同的日子。

节日是一种纪念日，内涵却多种多样。有民族的、国家的、宗教的，比如国庆节、圣诞节等等；有某一类人如妇女、儿童、劳动者的，这便是妇女节、母亲节、儿童节、劳动节等等；也有与生产生活密切相关的，这类节日都很悠久，很早就有了一整套人们喜闻乐见、代代相传的节日习俗，这是一种传统的节日。比如，春节、中秋节、元宵节、端午节、清明节、重阳节等等。传统的节日为中华民族所共用和共享。

传统节日是在漫长的农耕时代形成的。农耕时代生产与生活、人与自然的关系十分密切。人们或为了感恩于大自然的恩赐，或为了庆祝辛苦的劳作换来的收获，或为了激发生命的活力，或为了加强人际的亲情，经过长期相互认同，最终约定俗成，渐渐把一年中某一天确定为节日，并创造了十分完整又严格的节俗，如仪式、庆典、规制、禁忌，乃至特定的游艺、装饰与食品，来把节日这天演化成一个独具内涵与情氛的迷人的日子。更重要的是，人们在每一个传统的节日里，还把共同的生活理想、人间愿望与审美追求融入节日的内涵与种种仪式中。因此，它是中华民族世间理想与生活愿望极致的表现。可以说我们的传统——精神文化传统，往往就是依靠这代代相传的一年一度的节日继承下来的。

然而，自从二十世纪整个人类进入了由农耕文明向工业文明的过渡，农耕时代形成的文化传统开始瓦解。尤其是我国，在近百年由封闭走向开放的过程中，节日文化——特别是城市的节日文化受到现代文明与外来文化的冲击，当下人们已经鲜明地感受到传统节日渐行渐远，日趋淡薄，并为此产生忧虑。传统节日的淡化必然使其中蕴含的传统精神随之涣散。然而，人们并没有坐等传统的消失，主动和积极地与之应对。这充分显示了当代中国人在文化上的自觉。

近五年，随着中国民间文化遗产抢救工程的全面展开，国家非物质文化遗产名录申报工作一浪高过一浪地推进；二〇〇六年国家将每年六月的第二个周六确定为"文化遗产日"；二〇〇七年国务院又决定将春节假期前调一天，把除夕列为法定放假日，同时三个中华民族的重要节日——清明节、端午节和中秋节也法定放假。这一重大决定，表现了国家对公众的传统文化生活及其传承的重视与尊重，同时这也是保护节日文化遗产十分必要的措施。

节日不放假必然直接消解了节日文化，放假则是恢复节日传统的首要条件。但放假不等于远去的节日就会立即回到身边。节日与假日的不同是因为节日有特定的文化内容与文化形式。那么重温与恢复已经变得陌生的传统节日习俗则是必不可少的了。

千百年来，我们的祖先从生活的愿望出发，为每一个节日都创造出许许多多美丽又动人的习俗。这种愿望是理想主义的，所以节日习俗是理想化的；愿望是情感化的，所以节日习俗也是情感化的；愿望是美好的，所以节日习俗是美的。人们用烟花爆竹，惊骇邪恶，迎接新年；把天上的明月化为手中甜甜的月饼，

来象征人间的团圆；在严寒刚刚消退、万物复苏的早春，赶到野外去打扫墓地，告慰亡灵，表达心中的缅怀，同时戴花插柳，踏青春游，亲切地拥抱大地山川……这些诗意化的节日习俗，使我们一代代人的心灵获得了多么美好的安慰与宁静！

谁说传统的习俗全过时了？如果我们不曾知道这些习俗，就不妨去重温一下传统。重温不是模仿古人的形式，而是用心去体验传统的精神与情感。

当然，习俗是在不断变化的，但我们民族的传统精神是不变的。这传统就是对美好生活不懈的追求，对大自然的感恩与敬畏，对家庭团圆与世间和谐永恒的企望。

这便是我们节日的主题。我们为此而过节。

大雪入绛州

在禹州考察完钧瓷古窑出来,雪花纷纷扬扬,扑面而来,这雪花又大又密,打在脸上有种颗粒感。按计划要取道郑州和洛阳而西,经三门峡逾黄河北上,去新绛考察那里的年画。现今全国的十七个主要的年画产地中,就剩下晋南新绛一带的年画的普查还没有启动。晋南年画历史甚久,现存最早的年画就出自北宋时代晋南的平阳(临汾)。这一带很多地方都产年画。除去临汾,新绛和襄汾也是主要的产地。二十世纪八十年代末我在京津一带的古玩市场曾买到过一些新绛的古画版。历史最久的一块画版《和合二仙》应是明代的。这表明新绛的年画遗存在二十年前就开始流失了。它原有的历史规模究竟如何,目前状况怎样,有无活态的存在,心中毫无底数。是不是早叫古董贩子全折腾一空了?

车子行到豫西,没想到雪这么大,还在河南境内就遇到严重的塞车。大量的重型卡车夹裹着各色小车像漫无尽头的长龙,一动不动地趴在公路上。所有车顶都蒙着厚厚的白雪,至少堵了一天了吧。我们想出各种办法打算绕过这一带的塞车,但所有的国道和小路也全都堵得死死的。在大雪里我们不懈地奋斗到天黑,又冷又饿,直把所有希望都变成绝望,才不得已滞留在新安县一家旅店中。不知何故,这家旅店夜间不供暖气,在冰冷的被窝里我给同来的助手发了一个短信:"我有点钉不住了,再找机会去绛

文化传承

州吧!"然而,清晨起来新绛那边派人过来,居然还弄来一辆公路警车,说山西那边过来的路还通,要我跟他们戗着道儿去山西。盛情难却,只好顶着风雪也顶着迎面飞驰而来的车辆,逆行北上,车子行了五个小时总算到了新绛。

用餐时,当地主人要我先不去看年画,先去看光村。光村的大名早就听到过。还知道北齐时这村子忽生异光,因名光村。主人说,你只要去了就不会后悔,村里到处扔着极精美的石雕,还有一座宋代的小庙福胜寺,里边的泥彩塑是宋金时代的呢。我明白,他们想叫我们看看光村有没有保护价值,怎么保护和开发。而今年春天我们就要启动全国古村落的普查,听说有这样好的村落,自然急不可待要去,完全忘了脚底板已经快冻成"冰板"了。

雪里的光村有种奇异的美。但我想,如果没有雪,它一定像废墟一样破败不堪。然而此刻,洁白的雪像一张巨毯把遍地的瓦砾全遮了起来,连残垣断壁也镶了一圈白绒绒的雪,只有砖雕、木拱和雀替从中露出它们历尽沧桑而依然典雅又苍劲的面孔。令我惊讶的是,千形百态精美的石雕柱础随处可见。还有不少石础被雪盖着,看不见它的真容,却能看见它们一个个白皑皑、神秘而优美的形态。它们原是各类大型建筑坚实又华贵的足,现在那些建筑不翼而飞,只剩下这些石础丢了满地。光村原有几户颇具规模的宅院,从残余的一些楼宇中可见其昔日的繁华并不逊色于晋中那些大院。但如今损毁大半,而且毫无保护措施。连村中那座被列为国家文物保护单位的福胜寺中的宋金泥塑,也只是用塑料遮挡起来罢了。我心里有些发急,抢救和保护都是迫在眉睫了。根据光村的现状,我建议他们学习晋中王家大院和常家庄园在修复时所采用的将散落的古民居集中保护的"民居博物馆"的方式。但这需要请相关专家进一步论证,当下急需的是不叫古董贩子再来"淘宝"了。因为刚刚从村民口中得知最近还有一些石雕的柱础与门狮被贩子买去了。近二十年来，那些懂得建筑文化的建筑师们大多在城里为开发商设计新楼，经常关心这些古建筑艺术的却是不辞劳苦和络绎不绝的古董贩子们，这些古村落不毁才怪呢。

从光村回到新绛县城后，这里的鼓乐团的团长听说我来新绛，特意在一座学校的礼堂演一场"绛州鼓乐"给我们看。绛州鼓乐我心仪已久。开场的"杨门女将"就叫我热血沸腾，十几位杨氏女杰执槌击鼓，震天动地。一瞬间把没有暖气的礼堂中的凛冽的寒气驱得四散。跟下来每一场演出都叫人不住喊好。演出的青年人有的是当地的专业演员，有的是艺校学员。应该说这里鼓乐的保护与弘扬做得相当有眼光也有办法。他们一边把这一遗产引入学校教育，从娃娃开始，这就使"传承"落到实处；另一边将鼓乐投入市场，这也是促使它活下来的一种重要方式。目前这个鼓乐团已经在市场立住脚跟，并且远涉重洋，到不少国家一展风采。演出后我约鼓乐团的团长聊一聊，团长是位行家，懂得保护好历史文化的原汁原味，又善于市场操作。倘若没有这样一位行家，绛州古乐会成什么样？由此联想到光村，光村要是有这样一位古建方面的行家该多好啊！

相比之下，新绛的年画也是问题多多。

转天一早，当地的文化部门将他们保存的新绛年画的古版与老画摆满一间很大的屋子。单是古版就有近二百块。先前，新绛的年画见过一些，但总觉得它是古平阳年画的一个分支，比较零散。这次所见令我吃惊。不单门神、戏曲、风俗、婴戏、美人、传说等各类题材，以及贡笺、条幅、横披、灯画、桌裙、墙纸、拂尘纸、对子纸等各种体裁应有尽有，至于套版、手绘、半印半

文化传承

绘等各类制作手法也一应俱全。其中一种门神是《三国演义》中的赵云，怀里露出一个孩童——阿斗光溜溜的小脑袋，显然这门神具有保护儿童的含义。还有一块《五老观太极》的线版，先前所不曾见，应是时代久远之作。特别是十几幅美人图，尺寸很大，所绘人物典雅端庄，衣饰华美，线条流畅又精致，与杨柳青年画的"美人"有着鲜明的地域差异，富于晋商辉煌年代的华贵气质和中原文明的庄重之感。看画时，当地负责人还请来两位当地的年画老艺人做讲解。经与他们一聊，二位艺人都是地道的传人。所谈内容全是"口头记忆"，分明是十分有价值的年画财富，对其普查——尤其是口述史调查需要尽快来做的了。只有把新绛年画普查清楚，才能彻底理清晋南年画这宗重要的文化遗产。可是谁来做呢？当地没有专门从事年画研究的学者，没有绛州古乐团团长那样的人物，正为此，至今它还是像遗珠一般散落在大地上。这也是很多地方文化遗产至今尚未摸清和整理出来的真正缘故。而一些宝贵的文化遗产在无人问津之时就已经消失了。

雪下得愈来愈大，高速公路已经封了。原计划再下一站去介休考察清明文化已经无法成行。在回程的列车上，我的心里真是五味杂陈。三晋大地文化遗存之深厚之灿烂令我惊叹，但这些遗存遍地飘零并急速消失又令人痛惜与焦急。几年来我们几乎天天为一问题而焦虑：从哪里去找那么多救援者和志愿者？到底是我们的文化太多了，专家太少了，还是专家中的志愿者太少了？

我望窗外，外边的原野严严实实，无声覆盖着一片冰雪。

细雨探花瑶

不管雨里的山路多湿滑，不管不断有人说"你别把冯先生扯倒"，老后还是紧抓着我的手往山上拉，恨不得一下子把我拉到山顶，拉进那个花团锦簇的瑶乡。这个瑶乡有个可以入诗的名字：花瑶。

花瑶，得名于这个古老的瑶族分支对衣装美的崇尚。然而，隆回县政府为花瑶正式定名却是上世纪末的事。这和老后不无关系。

老后是人们对他的昵称。他本名叫刘启后。一位从摄影家跨界到民间文化保护领域的殉道者。我之所以用"殉道者"，不用"志愿者"这个词儿，是因为志愿多是一时一事，殉道则要付出终生。为了不让被声光化电包围着的现代社会忘掉这个深藏在大山深处的原生态的部落，二十多年来，他从几百里以外的长沙奔波到这里，来来回回已经二百多次，有八九个春节是在瑶寨里度过的，家里存折上的钱早叫他折腾光了。也许世人并不知道老后何许人，但居住在这虎形山上的六千多花瑶人却都识得这个背着相机、又矮又壮、满头花发的汉族汉子，而且没人把他当作外乡人。花瑶人还知道他们的"呜哇山歌"和"挑花刺绣"列入国家级非物质文化遗产名录，老后是有功之臣，他多年收集到的大量的花瑶民歌和挑花图案派上了大用场！记得前年，老后跑到天津来找我，提着沉甸甸一书包照片。当时他从包里掏出照片的感觉极是奇异，好像忽然一团团火热而美丽的精灵往外蹿。原来照片上全是花瑶。那种闪烁在山野与田间的红黄相间火辣辣的圆帽与缤纷而抢眼的衣衫，还有种种奇风异俗，都是在别的地方绝见不到的。我还注意到一种神秘的"女儿箱"的照片。女儿箱是花瑶妇女收藏自己当年陪嫁的花裙的箱子，花裙则是花瑶女子做姑娘时精心绣制的，针针倾注对爱情灿烂的向往，件件华美无比。它通常秘不示人，只会给自己的人瞧。看来，老后早已是花瑶人真正的知己了。

老后问我："我拉你是不是太用力了？"

我笑道："其实我比你心还急呢。你来了多少次，我可是头一次来啊。"

这时，音乐声与歌声随着霏霏细雨，忽然从天而降。抬头望去，面前屏障似的山坡上，参天的古树下，站满了头戴火红和金黄相间的圆帽、身穿五彩花裙的花瑶女子。那种异样又神奇的感觉，真像九天仙女忽然在这里下凡了。跟着是山歌、拦门酒，又硬又香的腊肉，混在一大片笑脸中间，热烘烘冲了上来。一时，完全忘了洒在头上脸上的细雨。而此刻老后已经不在前边拉我，而是跑到我身后边推我，他不替我挡酒挡肉，反倒帮着那些花瑶女子拿酒灌我，好像他是瑶家人。

在村口，一个头缠花格布头布的老人倚树而立，这棵树至少得三个人手拉手才能抱过来。树干雄劲挺直，树冠如巨伞，树皮经雨一浇，黑亮似钢。站在树前的老人显然是在迎候我们。他在抽烟，可是雨水已经淋湿了夹在他唇缝间的半棵烟卷，烟头熄了火。我忙掏出一支烟敬他。老后对我说："这老爷子是老村长。大炼钢铁时，上边要到这儿来伐古树。老村长就召集全寨山民，每

作者给古树保护神敬烟

棵树前站一个人。老村长喊道：'要砍树就先砍我！'这样，成百上千年的古树便被保了下来。"

古树往往是和古村或古庙一起成长的。它是这些古村寨年龄尊贵的象征。如今这些拔地百尺的大树，益发葱茏和雄劲，好似守护着瑶乡，而这位屹立在树前的老村长不正是这些古树和古寨的守护神吗？我忙掏出打火机，给老人点燃。老人用手挡住火，表示不敢接受。我笑着对他说："您是我和老后的'师傅'呀！"

他似乎听不大懂我的话。

老后用当地的话说给他听。他笑了，接受我的"点烟"。

待入村中，渐渐天晚，该吃瑶家饭了。花瑶姑娘又来唱着歌劝酒劝吃了。她们的歌真是太好听了。听了这么好听的歌，不叫你喝酒你自己也会喝。千百年来，这些欢乐的歌就是酒的精魂。再看屋里屋外的花瑶姑娘们，全在开心地笑，没人不笑。

所有人都是参与者，没有旁观者，这便是民俗的本质。

老后更是这欢乐的激情的参与者。他又唱歌又喝酒又吃肉。唱歌的声音山响；姑娘们用筷子给他夹的一块块肉都像桃儿那么大，他从不拒绝；一时他酒兴高涨，就差跳到桌上去了。

然而，真正的高潮还是在饭后。天黑下来，小雨住了。在古树下边那块空地——实际是山间一块高高的平台上，燃起篝火，

文化传承

载歌载舞，这便是花瑶对来客表达热情的古老的仪式了。

亲耳听到了他们来自远古的呜哇山歌了，亲眼瞧见他们鸟飞蝶舞般的咚咚舞、"挑花裙"和"米酒甜"了，还有那天籁般的八音锣鼓。只有在这大山空阔的深谷里，在回荡着竹林气息的湿漉漉的山里，在山民有血有肉的生活中，才能领略到他们文化真正的"原生态"。其他都是一种商业表演和文化作秀。人们在秋收后跳起庆丰收的舞蹈时，心中按捺不住喜悦的心情和驱邪的愿望是舞蹈的灵魂；如果把这些搬到大都市的舞台上，原生的舞蹈灵魂没了，一切的动作和表情都不过是作"丰收秀"而已，都只是自己在模仿自己。

今天有两拨人也是第一次来到花瑶的寨子里。他们不是客人，而是隆回一带草根的"文化人"。一拨人是几个来演"七江炭花舞"的老人。他们不过把吊在竹竿端头的一个铁篮子里装满火炭，便舞得火龙翻飞，漫天神奇。这种来自渔猎文明的舞蹈，天下罕见，也只有在隆回才能见到。还有一拨人，多穿绛红衣袍，神情各异，气度不凡。他们是梅山教的巫师，都是老后结交的好友。几天前老后用手机发了短信，说我要来。他们平日人在各地，此时一聚，竟有五十余人。诸师公没有施法演示那种神灵显现而匪夷所思的巫术，只表演一些武术和硬软气功，就已显出个个身手不凡，称得上民间的奇人或异人。

花瑶的篝火晚会在深夜结束。

在我的兴高采烈中，老后却说："最遗憾的是您还没看到花瑶的婚俗，见识他们'打泥巴'，用泥巴把媒公从头到脚打成泥人。那种风俗太刺激了，别的任何地方都没有。"

我笑道："我没看见，你夸什么。"

老后说："我是想叫你看呀。"

我说:"我当然知道。你还想让天下的人都来见识见识花瑶!"

这话叫周围的人大笑。笑声中自然有对老后的赞美。

如果每一种遗产都有一个"老后"这样的人守着它多好!

贺兰人的唱灯影子

一个唐代的罐子放了上千年，如果不碰它，总还是那个样子不会变；可是一种戏一种舞一种民俗艺术就不一样了，甭说千年，就是经过百八十年，因时而变因人而变因习尚而变，就像女大十八变那样不断地改变，甚至会变得面目全非，你说京剧、时调、年画、清明节近百年有多大的变化？这便是物质文化遗产与非物质文化遗产最大的不同。物质遗产是静态的，非物质遗产是动态的、传承的、嬗变的。在这动态的演变过程中，对其影响最直接的是传承人。

传承人最大的特点是水平有高有低。如果这一代艺人禀赋高，悟性好，甚至还有创造性，家传的技艺便被发扬光大；如果下一代天赋低，悟性差，缺少才气，水准便一下子滑坡滑下来。有些地方的民间艺术尽管名气挺大，一看却颇平庸，便是此理。为此，看各种民间艺术当下的水准，也是我重要的考察点之一。由此而言，如今贺兰人的皮影——唱灯影子就叫我喜出望外了。

我国的皮影遍及各地，唱腔各异，材料不同，各有各的称呼。诸如北京的"纸窗影"、湖南的"影子戏"、福建的"皮猴戏"、甘肃陇原的"牛窑戏"、黄河流域的"驴皮影"等等；宁夏的贺兰人则叫它"唱灯影子"。这"唱灯影子"的叫法非常形象。首先是"唱"，戏是唱出来的，"唱"就是演戏；然后是"灯影子"，皮影戏不是人直接演的，而是借助灯光把羊皮或驴皮雕刻的戏人照在布单上的影子来演。瞧，贺兰人多干脆，用"唱灯影子"四个字儿就把它说得明明白白。

皮影的表演有在室内也有在室外。皮影要用灯光，在室外必须要等到天黑下来才能演；室内就好办了，不管什么时候，只要拿东西遮住窗子，再吊一条白被单（一称布幕，贺兰人称之为"亮子"），后边使光一照，便可开演。看戏的人坐在布幕前边，演戏的人在布幕后边。

演皮影戏的人不算少，拉弦、操琴、司鼓、吹号、碰铃、伴唱等等，得七八个人一同忙。但主角是站在布幕后边正中央的"师傅"。他主说主唱，两只手一刻不停地耍着皮影，同时兼演全戏所有角色。戏的好坏全看他的了。

我每次看皮影，都要跑到布幕后边瞧上几眼。因为那些在布幕上神出鬼没、又哭又笑的灯影子都是在后边耍弄出来的。严严实实的布幕后边总是充满了神秘感，给我以极大的诱惑。

今儿主演这台戏的师傅是贺兰县无人不知的金贵镇雄英村的张进绪，所演的戏目叫作《王翦平六国》，说的是秦国名将王翦辅助秦始皇横扫六国、统一天下的故事。这个故事现今很少有人知道，是张进绪从他父亲张维秀手里原原本本接过来的。张维秀在三十多年前就已去世，如今张进绪也是六十开外，个子矮矮，灰衣皂裤，头扣小帽，神色平和，然而他往布幕后边一站，立时好像长了身个儿，一员大将似的，气度不凡。

布幕后边的地界挺小，不足一丈见方，叫拉琴击鼓的乐队坐得密不透风。布幕下边是一条长案，摆着各种道具；其余三面是竹竿扎成的架子，横杆上挂了一圈花花绿绿、镂空挖花的皮影人。张进绪这些皮影人儿和全套的乐器，都是祖上一代代传下来

的老物件，摆在那儿，有股子唯老东西才有的肃穆又珍贵的气息。尤其这上百个皮影人，生旦净丑，一概全有。好似人间众生，都挂在那里等候出场。但它们不是被无序或随意挂在那里的，而是依照着出场的前后排次有序。别看他们面无表情，神色木然，只要给张进绪摘下来在布幕前一耍，再配上锣鼓唢呐，以及那种又有秦腔又有道情又有当地的山花的腔调，便立时声情并茂地活蹦乱跳，眉飞色舞，活了起来。

身材矮小的张进绪一旦入戏，便有股子霸气，好似天下事的兴衰、戏中人的祸福，全由他来主宰。后台是他的舞台。他略带沙哑的嗓子又唱又说又喊又叫，两只手把一桌子的皮影折腾得飞来飞去。看他的表情真像站在台上唱戏演戏一般，给我以强烈的感染。但在布幕那一边，却早化成戏中一个个性情各异的灯影子了。

当我回到布幕前边，坐下来细细品赏，便看出他演唱的高超。他不单唱得味儿如醇酒，大西北的苍劲中，兼有黄河滋育的柔和；那些灯影子的举手投足，则无不鲜活灵动，神采飞扬，而且居然能随着说唱和音乐的节奏，摇肩晃脑，挺胸收腹；甚至连同手指头也随之顿挫有致。一时觉得，这唱不是张进绪唱，分明是灯影子在唱。于是，灯影、乐声和剧情浑然一体。如今的贺兰还有多少人有这种功夫？

据说，此地的皮影是一百多年前由一位名叫赵小卓的满族人从陕西带到宁夏来的，后来由贺兰县几位颇具才情的村民接过衣钵，继承发扬，在皮影制作、演唱风格上融入本地的文化与气质，深受百姓热爱。昔时，交通不便，钱太少，戏班子很难深入到穷乡僻壤。老百姓便用这种简朴又优美的影戏自演和自娱。这应是一种原始的"影视艺术"。这种"唱灯影子"不单在贺兰县这一带扎下根,成了气候,影响还远及银南、隆德和内蒙古鄂托克旗等地。据说,当时传承赵小卓皮影戏的有刘派(刘有子)和张派(张维秀)两家。但刘派后继无人,人亡而歌息;张派却传了下来。难得的是今儿的传人张进绪的禀赋依然很高,又深爱这门古艺,所有家传皮影和演奏器具都好端端保存至今。时下,逢到各乡各村举办节庆或喜事的时候,都会请他去演出助兴。届时,他弟弟、妹妹、孩子全是伴唱奏乐的成员。如今这种家庭化的影戏班子,已经非常罕见,传承人的水平又如此之高,真叫我们视如珍宝了。

于是,我扭头对坐在身边的贺兰县的县长低声建议,要全力保护好张家的皮影戏。一是要在经济上贴补传承人的后代,保证其薪火不断。二是设法将张家的老皮影保存起来。演出使用的皮影,可以到陕西华县(今华州区)按照本地的老样子订制一批新的。希望县里考虑给张氏皮影建个小小的博物馆,保存和见证贺兰人"唱灯影子"的传统。三是为张家皮影多创造一些演出机会,使其保持活态。四是把皮影送进当地学校,送进课堂,培养孩子们的乡土文化情感。

话说到这里,忽见白晃晃布幕上,秦将王翦向敌军首领掷出手中宝剑。这宝剑闪着寒光,在布幕上飞来飞去。一时,锣鼓声疾,唱腔声切,气氛颇为紧张与急迫,忽然"哐"的一响,飞剑穿透敌首脖颈,顿时身首异处,插着宝剑的首级在空中停了一下,然后"啪"地掉在地上。这一幕可谓触目惊心。满屋看客都不禁叫好。我忽想到:

这么好的贺兰人的唱灯影子,可千万别只叫我们这代人看到。

精卫是我的偶像

这一次，当我把两年多来的绘画精品拿出来卖掉，以支持艰难的抢救文化遗产的事业，心中的矛盾加剧。

并非我不够慷慨，而是这些画都是我的心灵之作。我说过，艺术是艺术家心灵的闪电。它是心中的灵性，只是偶然出现。这也是我的画数量不多和很少重复的缘故。因之，我一向十分珍视自己的画作，不肯拿它去换钱。

此时可以说，这些画不是从我手里拿出去的，是从心里拿出去的。

记得，甲申年在京津举办第一次画展时，我将自藏多年的两幅画《高江急峡》和《树之光》卖掉。虽然价钱很高，一位好友却对我说："你不该把这两幅画卖掉！"

我承认，这句话加重了我心里的矛盾。因为我的画一如文章，无法重复，也不能重复。记得前一幅画作画时激情飞扬，溅得满身水墨，后一幅画光线之强烈竟使我自己愕然。在那次公益画展上我心想，这样大规模卖画的事只做一次吧。

然而，事过两年，我又要义卖画作了，而且是我两年来绝大部分的心爱之作。其原因既简单又直接——我们的文化遗产仍然身处危难，破坏和消亡的速度与力度大大超过抢救的速度与力度；特别是在这个物质化和功利化的时代，人们对这种文明受损的严重性尚不清楚，故而文化遗产全面受困，为其工作的人员极其有限，经费困窘得常常一筹莫展；我一手创立的专事文化抢救和保护的基金会始终处在社会边缘，仅此一家，无人垂顾，境遇尴尬。

当我身在书房和画室，对个人的作品自然会心生爱惜；当我涉跋在广阔的乡土和田野中，必然又会对那些随处可见、一息尚存、转瞬即逝的文化遗产心急如焚。此时，个人一己的艺术得失怎能与大地文化的存亡相比？我说过，我们大地的文化犹如母亲的怀抱，我们都是在她的滋育中成长成人的。当母亲遇到危难，危在旦夕，怎么能不出手相援？卖画又算什么？

应该说，此次公益画展是一次自相矛盾和自我战胜后的行动。在这次行动中我看到了自己依然站在当代文化的前沿，很高兴自己没有退缩。

记得有人问我："你靠卖画能救得了中国的文化遗产吗？这莫不是精卫填海？"

我说："精卫填不了海。精卫是一种精神，一种决不退却、倾尽心力乃至生命的精神。我尊崇这种精神。它是我的偶像。"

海外游踪

维也纳春天的三个画面

你一听到"青春少女"这几个字，是不是立刻想到纯洁、美丽、天真和朝气？如果是这样你就错了！你对青春的印象只是一种未做深入体验的大略的概念而已。青春，它是包含着不同阶段的异常丰富的生命过程。一个女孩子的十四岁、十六岁、十八岁——无论她外在的给人的感觉，还是内在的自我感觉，都决不相同。就像春天，它的三月、四月和五月是完全不同的三个画面。你能从自己对春天的记忆里找出三个画面吗？

我有这三个画面。它不是来自我的故乡故土，而是在遥远的维也纳三次旅行中的画面定格，它们可绝非一般！在这个用音乐来召唤和描述春天的城市里，春天来得特别充分、特别细致、特别蓬勃，甚至特别震撼。我先说五月，再说三月，最后说四月，它们各有一次叫我的心灵感到过震动，并留下一个永远具有震撼力的画面。

五月的维也纳，到处花团锦簇，春意正浓。我到城市远郊的山顶上游玩，当晚被山上热情的朋友留下，住在一间简朴的乡村木屋里，窗子也是厚厚的木板。睡觉前我故意不关严窗子，好闻到外边森林的气味，这样一整夜就像睡在大森林里。转天醒来时，屋内竟大亮，谁打开的窗子？正诧异着，忽见窗前一束艳红艳红的玫瑰。谁放在那里的？走过去一看，呀，我怔住了，原来夜间窗外新生的一枝缀满花朵的红玫瑰，趁我熟睡时，一点点将窗子顶开，伸进屋来！它沾满露水，喷溢浓香，光彩照人；它怕吵醒我，竟然悄无声息地又如此辉煌地进来了！你说，世界上还有哪一个春天的画面更能如此震动人心？

那么，三月的维也纳呢？

这季节的维也纳一片空蒙。阳光还没有除净残雪，绿色显得分外吝啬。我在多瑙河边散步，从河口那边吹来的凉滋滋的风，偶尔会感到一点春的气息。此时的季节，就凭着这些许的春的泄露，给人以无限期望。我无意中扭头一瞥，看见了一个无论多么富于想象力的人也难以想象得出的画面——

维也纳公园的女神雕像

几个姑娘站在岸边，她们正在一齐向着河口那边伸长脖颈，眯缝着眼，噘着芬芳的小嘴，亲吻着从河面上吹来的捎来春天的风！她们做得那么投入、倾心、陶醉、神圣，风把她们的头发、围巾和长长衣裙吹向斜后方，波浪似的飘动着。远看就像一件伟大的雕塑。这简直就是那些为人们带来春天的仙女啊！谁能想到用心灵的吻去迎接春天？你说，还有哪个春天的画面，比这更迷人、更诗意、更浪漫、更震撼？

我心中的画廊里，已经挂着维也纳三月和五月两幅春天的图画。这次恰好在四月里再次访维也纳，我暗下决心，无论如何也要找到属于四月这季节的同样强烈动人的春天杰作。

开头几天,四月的维也纳真令我失望。此时的春天似乎只是绿色连着绿色。大片大片的草地上,没有五月那无所不在的明媚的小花。没有花的绿地是寂寞的。我对驾着车一同外出的留学生小吕说:

"四月的维也纳可真乏味!绿色到处泛滥,见不到花儿,下次再来非躲开四月不可!"

小吕听了,就把车子停住,叫我下车,把我领到路边一片非常开阔的草地上,然后让我蹲下来扒开草好好看看。我用手拨开草一看,大吃一惊:原来青草下边藏了满满一层花儿,白的、黄的、紫的,纯洁、娇小、鲜亮,这么多、这么密、这么辽阔!它们比青草只矮几厘米,躲在草下边,好像只要一努劲,就会齐刷刷地全冒出来……

"得要多少天才能冒出来?"我问。

"也许过几天,也许就在明天。"小吕笑道,"四月的维也纳可说不准,一天换一个样儿。"

可是,当夜冷风冷雨,接连几天时下时停,太阳一直没露面儿。我很快就要离开这里去意大利了,便对小吕说:

"这次看不到草地上那些花儿了,真有点遗憾呢,我想它们刚冒出来时肯定很壮观。"

小吕驾着车没说话,大概也有些怏怏然吧。外边毛毛雨点把车窗遮得像拉了一道纱帘。可车子开出去十几分钟,小吕忽对我说:"你看窗外——"隔着雨窗,看不清外边,但窗外的颜色明显地变了:白色、黄色、紫色,在窗上流动。小吕停了车,手伸过来,一推我这边的车门,未等我弄明白是怎么回事,便说:

"去看吧——你的花!"

迎着细密地、凉凉地吹在我脸上的雨点,我看到的竟是一片花的原野。这正是前几天那片千千万万朵花儿藏身的草地,此刻一下子全冒出来,顿时改天换地,整个世界铺满全新的色彩。虽然远处大片大片的花已经与蒙蒙细雨融在一起,低头却能清晰看到每一朵小花,在冷雨中都像英雄那样傲然挺立,明亮夺目,神气十足。我惊奇地想:它们为什么不是在温暖的阳光下冒出来,偏偏在冷风冷雨中拔地而起?小小的花居然有此气魄!四月的维也纳忽然叫我明白了生命的意味是什么。是——勇气!

这两个普通又非凡的字眼,又一次叫我感到心头怦然一震。这一震,便使眼前的景象定格,成为四月春天独有的壮丽的图画,并终于被我找到了。

拥有了这三幅画面,我自信拥有了春天,也懂得了春天。

巴黎的天空

大自然派到巴黎的捣蛋鬼是雨。尤其进入了秋天。如果出门时天晴日朗，为了贪图轻便而不带雨伞，那一准就会叫雨儿捉弄了。巴黎的雨是捉摸不定的。有时一天你能赶上五六次雨。有时街对面一片阳光，街这边却雨儿正紧。有时你像被谁在楼上窗口浇花时不小心将一片水点洒在背上，抬头一看原来是雨，一小块巴掌大小的云带来的最小的、最短暂的、唯巴黎才有的"阵雨"。巴黎很少大雨瓢泼，很少江河倒灌，也很少阴雨连绵。它的雨，更像是一种玩笑，一种调皮，一种心血来潮。

它不过是一阵阵地将花儿浇鲜浇艳，叫树木散出混着雨味的青叶的气息，把大街上跑来跑去的汽车小小地冲洗一下。再逼迫人们把随身携带的各种颜色和各种图案的雨伞圆圆地撑开，城市的景观为之一变。这雨原来又是一种情调。

然而，雨儿停住，收了伞，举首看看云彩走了没有。这时，有悟性的人一定会发现，巴黎一幅最大的图画在天空。

这图画的画面湛蓝湛蓝，白云和乌云是两种基本颜料。画家是风，它信马由缰地在天上涂抹。所以，擅长描绘天空的法国画家欧仁·布丹的一幅画，题目是《10月8日·中午·西北风》。

巴黎的白云和乌云来自大西洋。大海的风从西边把这些云彩携来，随心所欲地布满天空。风的性情瞬息万变，忽刚忽柔，忽缓忽疾，天上的云便是它变幻无穷的图像。大自然的景观一半是静的，一半是动的。宁静的是大地，永动的是天空。十九世纪后半期，法国画家们的工作从画室搬到田野后，天空便给画家以浩瀚和无穷的想象。在大西洋沿岸那座著名的古城翁弗勒尔，我参观前边所说的那位名叫布丹的美术馆时，看到了他大量的描绘天空的速写。在大自然中，只有天空纯属自然，最富于灵性。于是，大自然的本质被他表现出来了，这便是生命的创造和创造的生命。在布丹之前，谁能证明天空是一个巨大的创造力无穷的生命，一个被布丹称作"美丽的、透明的、充满大气"的生命？所以，库尔贝、波德莱尔都对这位画友画天空的才华推崇备至。巴比松画家柯罗甚至称他为"天空之王"。

　　在荷兰的阿姆斯特丹，我去看凡·高美术馆，研究他从荷兰到法国前后画风的变化。我发现他最初到巴黎开始他的艺术生涯时期的一幅作品，便是用一大半篇幅去表现动荡而激情的云天。任何艺术家都会首先注意不同的事物。"不同"往往正是事物的本质。那么巴黎奇异的天空自然会吸引住这位敏感的艺术家的心灵。而且这种吸引力一直抵达凡·高一生的终结处——巴黎郊外的奥维尔。看看凡·高在奥维尔画的最后一批作品，天空被他表现得更富于动感、更深入、更动人，并成为他不安的内心的征象。

　　可是，我想，为什么我们中国人的绘画从来不画天空，不画光线？即使画云，也是山间的云雾，或是为了陪衬天上的神仙与飞行的龙，从来不画天空上的云。清代末期上海画家吴石仙擅长画雨景，但他不画乌云，他只是用水墨把天空平涂一片深灰色，来表示阴云密布。也许中国文人的山水画，多为书斋内的精神制品——不是自然的风景，而是主观或内心的山水意境。即使是"师造化"的石涛，也只是"搜尽奇峰打草稿"而已。故此，中国的山水多为"季节性",缺乏"时间性"。不管现代山水画如何发展,至今没有一个中国画家画天上的云彩。难道天空在中国画中永远是一块"空白"?

现在我们回到巴黎——

天空莫测的风云,不仅给巴黎带来多变的阴晴,还演变出晦明不已的光线。雨儿忽来忽去,阳光忽明忽灭。在巴黎,面对一座美丽和典雅的建筑举起相机,不时会有乌云飞来,遮暗了景色,拍照不成;可是如果有耐心,等不多时,太阳从云彩的缝隙中一露头,景色反而会加倍地灿烂夺目!

阳光与云彩的配合,常常使这座城市现出奇迹。

我闲时便从居住的那条小街走出来,在塞纳河边走一走,看看丰沛而湍急的河水、行人、船只,以及两岸的风光。尽管那些古老的建筑永远是老样子,但在不同的光线里,画面会时时变得大大不同。一次,由于天上一块巨大的云彩的移动,我看到了一个奇观。先是整条塞纳河被阴影覆盖,然后远处——亚历山大三世桥那边云彩挪开了,阳光射下去,河里的水与桥上镀金的雕像闪耀出夺目的光芒。跟着,随着云彩往我这边移动,阳光一路照射过来。云行的速度真不慢,眼看着塞纳河上的一座座桥亮了起来,河水由远到近地亮起来,同时两岸的建筑也一座座放出光彩。这感觉好像天空有一盏巨大无比的灯由西向东移动。当阳光照在我的肩头和手臂上,整条塞纳河已经像一条宽阔的金灿灿的带子了。然后,云彩与阳光越过我的头顶,向东而去。最后乌云堆积在河的东端。从云端射下的一道强烈的光正好投照在巴黎圣母院上。在接近黑色的峥嵘的云天的映衬下,古老的圣母院显得极白,白得异样与圣洁。

不知为什么,在这一瞬,竟然唤起我对圣母院一种极强烈的历史感受。我甚至感觉加西莫多、爱斯梅拉达和克罗德现在就在圣母院里。

可是就在我发痴发呆的时候,眼前的景象忽变,云彩重新遮住太阳。一盏巨灯灭了。圣母院顿时变得一片昏暗,好似蒙上重重的历史的迷雾。忽然,我觉得几个挺凉的水滴落在我的手背上,我抬起头来,一块半圆形的雨云正在我头顶的上空徘徊。

高山上的海蒂和她的父亲

到一千米以上的山顶上能遇到什么？白云、白雪、仙女还是高山雪人？

"先别问，到了山顶你就不想下来了！"

安排我们住到山顶上的朋友说。他蛮有把握，自信的面孔故意做出神秘的笑。这位朋友既是中国驻奥使馆的文化参赞，也是诗人——孙书柱。在外交场合，他一副标准的外交官"尊容"，但一扭脸朝我，分明是诗人形象了。这是一种奇妙却真实的感觉。

离开充满古典美的萨尔茨堡东行，进入著名的湖区，车窗就像换上窗帘一样，换了风景画面。一片片涨满而光亮的湖水中，全是蓝色或绿色大山"头朝下"的倒影。据说这湖水是山上积雪融化后聚蓄而成，清澈冰冷，干净得能喝。这些山的倒影就像它的照片，在显影液里鲜丽又奇异地显现出来……从车窗挤走这些画面的，是一些静谧的村镇。那些红顶和蓝顶的小房子集合一起，中间还夹杂着树和花。而每一个村镇中央都有一座古色古香的教堂，每一座教堂都是一个别出心裁的天堂的雕像。恍惚间，好似回到一两个世纪前的欧洲乡村来旅行。

"快瞧山坡上那些小房子，多像童话里的小木屋啊，我们今天就住在这种小房子里吗？"我妻子同昭叫着。这景象唤醒她童年痴迷过的那些童话和图书。

孙参赞的夫人刘英兰面含微笑，却不吭声，显然是在默契地帮助她先生增加这次旅行的神秘感。

我感到一定有更美好的事情在山上等着我们。

小小的圣·阿加诺村的村口，停着一辆大轮子、用来爬山的吉普车。车前站着一个健壮男人，肩膀有箱子那样宽，满头栗色卷发，下巴坚实有力，穿一件白T恤衫，迎风而立，脸上充满健康的血色，好像给太阳晒了一天那样红。车子一边迎上去，孙参赞一边说，他名叫克里斯蒂安·那云戈保尔，维也纳一所学校的体育教员，今晚我们就住在他的山顶别墅里。我下车与他握手。我不懂德语，他用握手表达欢迎之意，这一握就像大铁钳子夹我一下，这一夹我却立时感受到他的真诚。

他开车在前引路。车子冲上山，一片片森林与草原深深浅浅的绿色，就在车窗两边展开。记得一九八八年我曾乘车到蒂罗尔州东部高山上去看滑雪，道路一侧是危壁深涧，看一眼都觉腿软，但开车的奥地利山民毫不在乎，玩耍一般东转西拐，也不减速，似乎随时会冲入谷底，直叫我心惊胆战。这次听说要上山，有些犯怵，谁料到这里却是丘陵似的一个个巨大的山包，名副其实被称作"佩尔勒山包"了。每个山包都给异常丰腴、缀满野花的牧草满满包住，山包之间又给一些高耸的松林隔开，层层叠起，滚往山顶，异常壮美。愈往上，风景反而愈开阔。不觉爬到很高，回首望去，那些湖泊宛如抛在深谷里的一面面明晃晃的小镜子了。

前上方，一片森林环抱中，一座黄颜色、尖顶的木板小楼，远远站在那里，迎接我们。同昭兴奋地叫起来：

"我想住的就是这种房子！"

孙参赞夫妇笑了，笑容由神秘变为满足。这对夫妇的天职好像就是使朋友满意。

一钻出车，一片异常充沛的清爽之气扑入心怀。这是森林和草原制造的过剩的氧气，我感到自己的两片饥饿的肺叶张开，拼命地吸吮这纯净透明的氧气。一天里，在萨尔茨堡获得的浓郁的古典人文气息，此时荡然无存；是不是换了环境，自己也变了。站在这一切都是本色的大自然里，人多么需要被净化啊！不等我扑进去，只听一阵悦耳的欢叫从楼前草地那边传来，原来有个人在草地上尽情地打着滚，边叫边笑。

那人是谁？这样地来享受大自然？

待这人站起身，一个小姑娘，十来岁模样，一张纯真并有点憨气的小鼓脸……还有牛犊一般的健壮。她是克里斯蒂安的女儿，名叫海蒂。海蒂扬起手招呼我们一起玩，英兰头一个跑过去，和她撒开手脚在草地上打起滚儿来……

我没见过谁这样玩过，像英兰那么文静的女士竟然如此无所顾忌，无拘无束，随心所欲。我不觉放开嗓子，使劲吼出两声，一腔浊气，喷吐出来，声音挺怪，没人怪罪或讥笑，都以微笑表示理解，此时人人都有回归原始和一任自然的渴望啊。

我们刚喝下一杯矿泉水，克里斯蒂安便迫不及待带我们绕到房后，去参观他拥有的世界——山顶风光。脚踩着肥厚的草地，感觉很舒适。山上雨露充沛，牧草湿软，踩上去没有声音，也没有小虫跳出来，真像踏着厚毯。明媚的阳光把草地照得湛绿，还把野花像小灯一样点亮，尤其是那大片大片黄陀罗花，金光灿烂，漫山遍野铺开，似要把山顶吞没。

克里斯蒂安忽指我脚下，叫我停住。原来脚前一棵紫色小花，束状细朵，紫得浓艳。他说这种可爱的小花名叫"紫鸟兰"，除去山顶已很少见，奥地利有法律保护这种花，踩了要罚钱。

"谁来罚钱呢?"我笑着问。在这无人的大山上。

克里斯蒂安想了想,也笑了,耸耸肩说:

"谁知道,也许只是种警告。反正山上的人都这么说。"

这所谓的警告真神奇,由此我的双脚分外小心,留意于碧草中的紫色。这才发现,紫鸟兰并不罕见,有的一簇簇,有的浓浓一大片……"山上的人都这么说",是因为人们都爱这种美丽的小紫花,为了爱才保护。由于保护,这山顶千百年来才没有失去这一种独具魅力的色彩,这娇小柔弱的野花才得以永存不灭,陪伴高山的孤独,抚慰山民的寂寞……

山上的人珍爱这里的每一种花。

在一片古老而晦暗的森林里,我们发现一丛雪玫瑰。它生长在枯枝败叶中间。一缕阳光从树隙中间斜射下来,恰好照在它淡绿色的花朵上,花瓣上绒样的一层被照得荧荧闪亮,好似放光,在密林深处,愈显娇嫩夺目。

小海蒂蹲到花前,用手指轻轻抚摸花瓣,口里喃喃地说:"你们好吗?我好久没看见你们了,你们多可爱呀!"也像对一只小兔或小鸟说话,认真、倾心、投入,叫人看了好感动!孙参赞说,她天天早晨起来,都要抚摸房前那些小树的嫩叶新芽,这样说上一遍。

克里斯蒂安看了看女儿,很欣赏地朝我一扬眉毛,做个眼色。他说:"我们兄弟五个,都是在这山顶上长大的。虽然我在维也纳工作,却在这里买下这幢房子,年年都把女儿带来,住上个把月,为了叫她也在这里一点点长大,爱这山上的一切。"

在山上长大的孩子,受惠于大山的,首先是有个生龙活虎般的身体。小海蒂真比一个男孩子还强壮。晚饭后,我们在楼上大屋里做游戏,孙参赞拿一块桌布,装作斗牛士,小海蒂扮演发火的牛，她做得太认真了，不顾一切地横冲直撞，险些把参赞撞翻。这一闹，她就和客人们熟了，要和我们每一个人较量。还朝我招手，叫我上阵，我只好应战，摆出和她摔跤的架势，谁料到她像只小牛那样有劲，她猛地一推，真叫我后退两步。她折腾半天，还有力气，就拉着克里斯蒂安给大家表演他们平时常玩的游戏——

他俩拉紧双手。小海蒂猛地身子腾空，一蹬爸爸双膝，就势往上蹬大腿、肚子、胸膛、肩膀，再用力踹，身子快速空翻，然后稳稳落地。我们鼓掌表示称赞。小海蒂很得意，做完一次再做一次，一连好几次。克里斯蒂安毫不顾忌女儿的肩轴是否会扭坏，用力拉拽与抛扔，协助女儿完成这惊险又猛烈的动作。大概只有在山上长大的人，才这样勇敢强悍。那么，现代都市文明到底使人强化还是软化？进化还是退化？或者一半进化、另一半却在退化？怎样活着才能最完美……这些问题克里斯蒂安早已思考过了吧。

克里斯蒂安不是富有者。他花了七十万先令买下这幢别墅，总共两层，带地窖，大大小小七八间房子，里外一律是木板，颜色采用木头本色，楼中便弥漫着清香的松木味道。室内的陈设，从生铁吊灯、土布桌布、粗绘陶瓷到描写稚拙的民间玻璃画，都是地道的阿尔卑斯山的山地风格，淳朴厚重，韵味十足。他每年都拿出十分之一时间到这里来度假。他说，这是为了返回大自然与童年，恢复体力也恢复情感。他需要的是一种怎样的生活情感？他有自己的想法和活法。两年前，他曾骑自行车到中国旅行，脚踏两个轮子在一无所知的龙的土地上乱闯，糊里糊涂闯进当时尚未对外开放的涿州，被当地警察押送出境。当时那狼狈状可以想见，他却因此更爱中国。为什么呢？我问他。他笑，脸上的表情很真诚，可怎么也说不清楚。似乎古老中国的一切都淳朴动人和神秘可爱。他说，这些天他正在考虑是否再去中国，他有点着急，因为到现在还没能给自己一个满意的答复。

住在山顶的感觉真是奇异又迷人。关上灯，没一点光亮。山上入夜真冷，整个身体仿佛沉在一个巨大、漆黑、湿冷的深渊里，四周抓不到边儿，无依无靠，万物皆无，是不是孤身落入混沌的宇宙里？我轻轻呼一声同昭。她的声音从不远的地方传来，哦，那是屋角小木床的地方。她也没睡，仿佛也进入这种奇异的感觉中了。待我们都感到对方的存在，渐渐便被一天的疲劳所征服，入睡了。大自然不会打扰人，睡得好香。

很早很早唤醒我的是鸟儿们。

高山上鸟叫声很特别。因为太静，很远和很近的，听来都一样清晰。合上眼，完全可以分辨出每一只鸟在哪里。听，这只很近，分明就在房间的栅栏上；听，那只极远，却一准就在森林那边守林人小屋的顶子上……各种各样的鸟叫，宛如各种各样的乐器，高山之巅是它们的乐池。细细品味这远远近近的鸣叫，心中扩展开一片阔大辽远的空间。起来推窗一看，呀，多美的清晨山色——大自然创作的这幅画！

上午，克里斯蒂安父女陪同我们再次去萨尔茨堡，参观弗兰斯卡大教堂和莫扎特故居。可是到了萨尔茨堡，小海蒂冒失地跌了一跤，手撞出血来，克里斯蒂安不能再陪我们，约好晚上回到山顶见。

我们在萨尔茨堡淋漓尽致玩了一天，又赶到阿尔陶斯湖参加一个文学晚会。驱车爬上佩尔勒山包时，没有风景，到处漆黑，只有车灯强光照亮的雨线，闪闪烁烁相互交错，织成雨幕。

女人们最惦记的还是孩子。一进木楼，英兰与同昭就跑去看海蒂受伤的手。小海蒂得意地张开她肉饼似的小胖手，没有包扎，伤口已经愈合。克里斯蒂安说："别去慰问一个英雄，她会惭愧的。"他故意用一点讥笑口吻，小海蒂被刺激得跳起来，用这受伤的小手攥拳头，使劲凿爸爸石头般的胸膛。我们哈哈大笑。

克里斯蒂安似乎格外高兴。他从地窖里拿出了一瓶上好的葡萄酒，与我和孙参赞同饮。他举起杯子，没等沾唇，就急渴渴告诉我们，今天领着女儿在萨尔茨堡大街小巷，整整溜达一下午，思考心里的事，终于决定明年去中国，为中国的滑雪运动员做教练，不要工资，白干一年。他的决定使自己很快乐，并要我们为他干杯。

我们举杯祝贺。望着他红红的脸上溢满的兴奋，不用问他为什么这样决定。阿尔卑斯山上的人，他们所做的，都是他们爱做的。要爱就真实地爱，只有目标，不想得失，在爱中享受爱——这就是答案。

我开玩笑说，我在中国等你，但你会不会中途反悔，推翻决定。他立即扬起铁扇一般的大手，猛烈一摆，表达了这座大山一般不可动摇的精神。他发誓"一定"去，要我发誓"一定"等他。我教给他中国人相互发誓的做法——两人用食指紧紧拉钩。于是我俩这样做了，惹得大家都笑，他觉得中国人这种方式有趣，伸出食指再拉钩，大家又笑，还拉……他的手指太有劲，掰得我手指生疼，转天就像给门缝挤了那样。

本来，分手时应该很愉快。这时，孙参赞要去房后采些野生的黄陀罗花带回维也纳。克里斯蒂安给他一把剪刀。孙参赞去了一会儿，采回来一大束。大概他心急，没用剪刀，而是连根拔

的。小海蒂看见,立刻急了,尖声叫起来:

"你要用刀剪,它们还会再长。你这样干,它们就会死了。"

她真的生气了,噘起小嘴不说话,好似弄坏了她最心爱的东西;孙参赞向她道歉,她也不理,就像这是一件不可饶恕的罪过。

这叫我怦然心动,我真切地领略到奥地利人对大自然的感情。

这感情干脆说是一种爱情。

克里斯蒂安父女用车送我们下山。昨夜雨湿了路,为了安全,我坐上了这高山父女俩的吉普车。

下山时,云落山谷,天已放晴。大雨过后,天蓝云白,草鲜花明,森林愈加深郁,景色更是动人。克里斯蒂安一边开车,一边指着窗外一处处风景,用英语说:"看,看,多漂亮!看,多美丽!"好像这一切都为他所拥有,而他首先陶醉其中了。

我欣赏着,赞美着,还想哄一哄坐在身边、郁郁不乐的小海蒂。她忽一指窗外,也叫我看。顺着她小手所指的方向望去,远远的,高高的,太阳正照射一座雪山的峰顶,银光耀眼,瑰丽华美,好像一顶镶满宝石的银冠。

我扭脸再瞧小海蒂,刚才的不快已一扫而空,眸子分外晶亮,闪耀着兴奋的光芒,她那变得红润的小鼓脸上洋溢着多么骄傲与自豪的神情。我被感动了,一句话忽然出现在我的脑袋里:

"爱的报偿总是大于爱的本身。"

因为爱是从来不追求报偿的。

古希腊的石头

每到一个新地方，首先要去当地的博物馆。只要在那里边待上半天或一天，很快就会与这个地方"神交"上了。故此，在到达雅典的第二天一早，我便一头扎进举世闻名的希腊国家考古博物馆。

我在那些欧洲史上最伟大的雕像中间走来走去，只觉得我的眼睛——被那个比传说还神奇的英雄时代所特有的光芒照得发亮。同时，我还发现所有雕像的眼睛都睁得很大，眉清目朗，比我的眼睛更亮！我们好像互相瞪着眼，彼此相望。尤其是来自克里特岛那些壁画上人物的眼睛，简直像打开的灯！直叫我看得神采焕发！在艺术史上，阳刚时代艺术中人物的眼睛，总是炯炯有神；阴暗时期艺术中人物的眼睛，多半暧昧不明。当然，"文革"美术除外，因为那个极度亢奋时代的人们全都注射了一种病态的政治激素。

我承认，希腊人的文化很对我的胃口。我喜欢他们这些刻在石头上的历史与艺术。由于石头上的文化保留得最久，所以无论是希腊人，还是埃及人、玛雅人、巴比伦人还是我们中国人，在初始时期，都把文化刻在坚硬的石头上。这些深深刻进石头里的文字与图像，顽强又坚韧地表达着人类对生命永恒的追求，以及把自己的一切传之后世的渴望。

然而，永恒是达不到的。永恒只是很长很长的时间而已。古希腊人已经在这时间旅程中走了三四千年。证实这三四千年的仍然是这些文化的石头。可是如今我们看到了，石头并非坚不可摧。世界上没有任何东西可以把人带到永远。在岁月的翻滚中，古希腊人的石头已经满是裂痕与缺口，有的只剩下一些残块和断片。

在博物馆的一个展厅，我看到一截石雕的男子的左臂。虽然只是这么一段残臂，却依然紧握拳头，昂然地向上弯曲着，皮肤下面的血管膨脖鼓胀，脉搏在这石臂中有力地跳动。我们无法看见这手臂连接着的雄伟的身躯，但完全可以想见这位男子英雄般的形象。一件古物背后是一片广阔的历史风景。历史并不因为它的残缺而缺少什么。残缺，却表现着它的经历，它的命运，它的年龄，还有一种岁月感。岁月感就是时间感。当事物在无形的时间历史中穿过，它便被一点点地消损与改造，并因而变得古旧、龟裂、剥落与含混，同时也就沉静、苍劲、深厚、斑驳和朦胧起来。

于是一种美出现了。

这便是古物的历史美。历史美是时间创造的，所以它又是一种时间美。我们通常是看不见时间的，但如果你留意，便会发现时间原来就停留在所有古老的事物上。比如那深幽的树洞，凹陷的老街，泛黄的旧书，磨光的椅子，手背上布满的沟样的皱纹，还有晶莹而飘逸的银发……它们不是全都带着岁月和时间深情的美感吗？

这也是一种文化美。因为古老的文化都具有悠远的时间的意味。

时间在每一件古物的体内全留下了美丽的生命的年轮，不信

你掰开看一看!

凡是懂得这一层美感的,就绝不会去将古物翻新,甚至做更愚蠢的事——复原。

站在雅典卫城上,我发现对面远远的一座绿色的小山顶上,爽眼地竖立着一座白色的石碑。碑上隐隐约约坐着一两尊雕像。我用力盯着看,竟然很像是佛像!我一直对古希腊与东方之间雕塑史上那段奇缘抱有兴趣,便兴冲冲走下卫城,跟着爬上了对面那座名叫阿雷奥斯·帕果斯的草木葱茏的小山。

山顶的石碑是一座高大的雕着神像的纪念碑。由于历时久远,一半已然缺失。石碑上层的三尊神像,只剩下两尊,都已经失去了头颅,可是他们依然气宇轩昂地坐在深凹的洞窟里。这时,使我惊讶的是,它竟比我刚才在几公里之外看到的更像是两尊佛像。无论是它的窟形,还是从座椅垂落下来的衣裙,乃至雕刻的衣纹,都与敦煌和云冈中那些北魏与西魏的佛像酷似!如果我们将两个佛头安装上去,也会十分和谐的!于是,它叫我神驰万里,一下子感到世纪前丝绸之路上那段早已逝去的令人神往的历史——从亚历山大东征到希腊人在犍陀罗为原本没有偶像崇拜的印度人雕刻佛像,再到佛教东渐与中国化的历史——陡然地掉转过头,五彩缤纷地扑面而来。

原来时间隧道就在希腊人的石头中间!在这隧道里,我似乎已经触摸到消失了数千年的那一段时光了。这时光的触觉,光滑、柔软、流动,还有一些神秘的凹凸的历史轮廓。我静静坐在山顶一块山石上,默默享受着这种奇异和美妙的感受,直到夕阳把整个石碑染得金红,仿佛一块烧透了的熔岩。

由此,我找到了逼真地进入希腊历史的秘密。

我便到处去寻访古老的文化的石头,从那一片片石头的遗址中找到时光隧道的入口，钻进去。

然而，我发现希腊到处都是这种石头。希腊人说他们最得意的三样东西就是：阳光、海水和石头。从德尔菲的太阳神庙到苏纽的海神庙，从埃皮达洛夫洛斯的露天剧场到迈锡尼的损毁的城堡，它们简直全是巨大的石头的世界。可是这些石头早已经老了。它们残缺和发黑，成片地散布在宽展的山坡或起伏的丘陵上。数千年前，它们曾是堆满财富的王城、聆听神谕的圣坛或人间英雄们竞技的场所。但历史总是喜新厌旧的。被时光筛子筛下来的只有这些破碎的屋宇，残垣败壁，断碑，兀自竖立的石柱，东一个西一个的柱头或柱础。

尽管无情的历史遗弃它，有心的希腊人却无比珍惜它。他们保护这些遗址的方式在我们看来十分奇特。他们绝不去动一动历史遁去之后的"现场"。一棵石柱在一千年前倒在哪里，今天绝不去把它扶立起来。因为这是历史的本来面目。尊重历史就是不更改历史。当然他们又不是对这些先人的创造不理不管。常常会有一些"文物医生"拿着针管来，为一些正在开裂的石头注射加固剂，或者定期清洗现代工业造成的酸雨给这些石头带来的污渍。他们做得小心翼翼，好像这些石头在他们手中依然是活着的需要呵护的生命。

他们使我们认识到，每一块看似冰冷的古老的石头，其实并没有死亡，它们犹然带着昔时的气息。它们各自不同的形态都是历史的表情，石头上的残痕则是它们命运的印记与年龄的刻度。认识到这些，便会感到我们已身在历史中间。如果你从中发现一个非同寻常的细节，那就极有可能是神奇的时间隧道的洞口了。

迈锡尼遗址给人的感受真是一种震撼。这座三千多年前用巨石砌成的城堡，如今已是坍塌在山野上的一片废墟。被时光磨砺得分外粗糙的巨大的石块与齐腰的荒草混在一起。然而，正是这种历史的原生态，才确切地保留着它最后毁灭于战火时惊人的景象。如果细心察看，仍然可以从中清晰地找到古堡的布局、不同功能的房舍与纵横的甬道。一八七六年德国天才的考古学家谢里曼就是从这里找到了一个时光隧道的入口，从隧道里搬出了伟大的荷马说过的那些黄金财宝和精美绝伦的"迈锡尼文化"——他实际是活灵活现地搬出了古希腊一段早已泯灭了的历史。谢里曼说，在发掘出这些震惊世界的迈锡尼宝藏的当夜，他在这荒凉的遗址上点起篝火。他说这是二千二百四十四年以来的第一次火光。这使他想起当年阿伽门农王夜里回到迈锡尼时，王后克莉登奈斯特拉和她的情夫伊吉吐斯战战兢兢看到的火光。这跳动的火光照亮了一对狂恋中的情人眼睛里的惊恐与杀机。

今天，入夜后如果我们在遗址点上篝火，一样可以看到古希腊这惊人的一幕；我们的想象还会进入那场以情杀为背景的毁灭性的内战中去。因为，迈锡尼遗址一切都是原封不动的。时光隧道还在那些石头中间。于是我想，如果把迈锡尼交给我们——我们是不是要把迈锡尼散乱的石头好好"整顿"一番，摆放得整整齐齐；再将倾毁的城墙重新砌起来；甚至突发奇想，像大声呼喊着"修复圆明园"一样，把迈锡尼复原一新。如若这样，历史的魂灵就会一下子逃离而去。

珍视历史就是保护它的原貌与原状。这是希腊人给我们的启示。

那一天，天气分外好。我们驱车去苏纽的海神庙。车子开出雅典，一路沿着爱琴海，跑了三个小时。右边的车窗上始终是一片纯蓝，像是电视屏幕的蓝卡。

海神庙真像在天涯海角。它高踞在一块伸向海里的险峻的断崖上,看似三面环海,视野非常开阔。这视野就是海神的视野。而希腊的海神波塞冬就同中国人的海神妈祖一样,护佑着渔舟与商船的平安。但不同的是,波塞冬还有一个使命是要庇护战船。因为波斯人与希腊人在海上的争雄,一直贯穿着这个英雄国度的全部历史。

可是,这座世纪前的古庙,现今只有石头的庙基和两三排光秃秃的多里克石柱了。石柱上深深的沟槽快要被时光磨平了。还有一些断柱和建筑构件的碎块,分散在这崖顶的平台上,依旧是没人把它们"规范"起来。没有一个希腊人敢于胆大包天地修改历史。这些质地较软的大理石残件,经受着两千多年的阵阵海风吹来吹去,正在一点点变短变小,有几块竟然差不多要湮没在地面中了;一些石头表面还像流质一样起伏。这是海风在上边不停地翻卷的结果。可就是这样一种景象,使得分外强烈的历史感一下子把我包围起来。

纯蓝的爱琴海浩无际涯,海上没有一只船,天上没有鹰鸟,也没有飞机。无风的世界了无声息。只有明媚的阳光照耀着古希腊这些苍老而洁白的石头。天地间,也只有这些石头能够解释此地非凡的过去。甚至叫我们想起爱琴海的名字来源于爱琴王——那个悲痛欲绝的故事。爱琴王没有等到出征的王子乘着白色的帆船回来,他绝望地跳进了大海。这大海是不是在那一瞬变成这样深浓而清冷的蓝色?爱琴王如今还在海底吗?他到底身在哪里?在远处那一片闪着波光的"酒绿色的海心"里吗?

等我走下断崖时,忽然发现一间专门为游客服务的商店。它故意盖在侧下方的隐蔽处。在海神庙所在的崖顶的任何地方,都是绝对看不见这家商店的。当然,这是希腊人刻意做的。他们绝对不让我们的视野受到任何现代事物的干扰,为此,历史的空间

受到了绝对与纯正的保护!

我由衷地钦佩希腊人!

希腊人告诉我们,保护古代文明遗产,需要的是对历史的深刻理解与崇拜、科学的方法、优雅的美感和高尚的文化品位。因为历史文明是一种很高的意境。

创造古希腊的是历史文明,珍惜古希腊的是现代文明。而懂得怎样珍惜它,才是一种很高层次的文明。

三千道瀑布

记得十年前,和王蒙、安忆、子建、刘恒等文友在奥斯陆与挪威作家围桌交谈文学,会后承蒙主人盛情,去游览该国的西部名城卑尔根。卑尔根与奥斯陆两城在挪威的版图上一西一东,交通的方式可以航飞也可以车行。但车行必须横穿挪威还要翻越盘亘和高耸在北欧大地上的斯堪的纳维亚山脉,谁知这种选择却叫我们领略到这个国家山水的雄奇、纯净和原始。

很少有国家像挪威被粗壮而簇密的森林所覆盖。古老的森林随处可见。伐木往往是为了不叫森林生长得过密窒息而死,这不是最理想和良性的生态吗?就是这种一望无际、排山倒海般的森林把甲壳虫乐队的歌手,接着又把村上春树征服了,这位日本作家才用《挪威的森林》作为自己颇具魅力的书名。那天,我们乘坐的大巴车里一路很少关窗,为了享受在山间穿行时森林里冒出来的极充沛的又凉又湿又清澈的氧气。我们称大巴是"活动氧吧"。我还感觉我的肺叶大敞四开,所有肺细胞都像玻璃珠儿一样鼓胀而透明。

然而更叫我震撼的是山间的瀑布。我从来没有见过其他地方有如此丰沛的泉水。车子走着走着,便可听到前边什么地方泉声咆哮,跟着窗外一条雪白的飞泉好像要冲到车子上来。车子在山中跑了两天,轮胎给泉水冲洗得像新换上去的。一天夜里住店歇脚，听到不远地方泉水轰鸣，好像飞机起飞那种声音。怎样的瀑布能发出如此巨响？我们被诱惑起来，出了旅店，摸黑去瞧那个呼吼不已的山间"巨兽"，没想到它竟在几里外的地方。待走到跟前，尽管夜很黑，却隐约地看到它巨大的狂滚的有些狰狞的形态。尽管它喷出来的细密的水雾很快湿了我们的衣服，大家激动得又叫又喊，但在瀑布声中谁也听不到别人喊什么，只能看到彼此兴奋而发光的眼睛。子建的目光尖而亮，刘恒的目光圆而明，像灯。

到了卑尔根，我对挪威朋友说，你们的瀑布太棒了。挪威朋友说，那你应该从这里再进一趟峡湾，挪威最应该去的地方是峡湾。我知道挪威西部海岸，陆海交叉，蔚为奇观，大海伸进陆地最长的峡湾是挪威桑格纳峡湾，长达二百余公里，深至一千三百米！冷战时期苏军的一条潜艇曾误入峡湾，使挪威误以为要爆发战争，吓了一跳。

这一次我又来到奥斯陆，决心要去一趟峡湾。我知道挪威人的一个逻辑：如果没去过峡湾就等于没去过挪威。我选择的路仍是从奥斯陆出发驱车前往西部沿海，想再感受一下挪威的山水。然而不同的是，那一次是在夏末，这一次是深秋。季节改观天地。车子不再像上次那样在流水般浓绿的山林中穿行，而是徜徉于金子般炫目的秋色中。漫山黄叶中，偶尔还会夹着几棵赤朱斑斓，好似开满花朵；或是一棵通红通红，好似高擎着火炬一般。溢满车厢里的也全是给太阳晒暖的秋叶的气息了。想想看，从这样金色的山林进入蓝色的峡湾是怎样的优美。

可是，受着大西洋暖流影响的峡湾的气候是莫测的。待到了著名的佛拉姆码头，天正下雨，入住旅店后又听了一夜的雨，清晨拉开窗帘依旧是漫天阴云，雨反而更紧一些。我从来不抱怨天气。可是总不能再等一天，冒雨也要进峡湾看看。这样，乘着游轮驶入一片高山深谷中,当想到船驶在海水而非江水上时,感觉确实有些奇异。

浓烟一般的雨雾遮住山色、水光和远处的景物。但是我相信,老天在拿走你一样东西的同时,一定还会给你另一样东西,就看你能否发现。于是我看见了——瀑布!

一条雪白的瀑布远远地挂在高山黝黑的石壁上,直泻而下,中间受阻,腾起烟雾,折返三次,遂落入湾中。由于远,听不见水声,却看得出它奔泻下来时的冲动与急切。

不等我细细观看,船已驶过,然而又一道瀑布出现了。峡湾里有这样多的瀑布吗?是的,随着船的行进与深入,一道接着一道瀑布层出不穷地出现在眼前,而且千姿万态。有的飞流直下,一线如注;有的宛如万串珍珠,喷洒似雨;有的银龙般狂奔激涌,由天而降;有的烟一般地纠缠在峭壁上,边落边飞。途经一处,两边危崖陡壁挂满大大小小瀑布,竟有五六十道,我没有见过如此众多、各不相同的瀑布同时展现,简直是瀑布的博览会!而每一道瀑布的出现都给人们带来一种惊喜,大家举着相机争着给瀑布拍照。这瀑布是峡湾的第一奇观吗?船员却说,并不是天天都能看到如此众多的瀑布,正是由于一天一夜的雨,使大量的瀑布出现了!

你说阴雨是给我败兴还是助兴?

我庆幸自己的幸运,但还是难以明白一场雨怎能生出如此壮美的瀑布奇观。

由于我们事先选择另一条路返回奥斯陆,这条路必须翻越一座两千米高的山顶,这便有幸找到了瀑布奇观的答案。

当我们的车子爬到极顶,景象变得奇异甚至有些恐怖。一堆堆殷红的石头,刺目的白雪,枯死而发黑的苔藓,不仅无人,鸟

也没有，任何活的生命都看不到，古怪、原始、死寂，好像来到月球上。车子开了很长一阵子，居然没见到别的车开过，担负驾车的伙伴小俞说："如果这时车子熄了火，咱们可就完了。"这话增加了心里的恐惧感。

我忽然发现这山顶道路的两边插着很多很长的木杆，排得很密，杆子约四米，在离地三米高的地方画着黑色或红色的标记。据说这是到了冬天山上积雪看不见道路时，为行车的人设置的路标，这么说山顶上积雪竟可以达到三米厚吗？春天积雪融化后跑到哪儿去了？当车子开进山顶腹地，出现了许多巨大的湖，一个连着一个，湖的彼岸常常很远，甚至有水天相接之感。融雪的水纯净而湛蓝，在阳光下静静地闪着光亮。难道它们就是山下那上千条瀑布之源吗？当然是，它们就是峡湾里那些瀑布不竭的源泉。我被挪威人地自然资源的雄厚惊呆了。他们不会在这些地方拦水为坝建发电站，而不管峡湾里的什么奇观不奇观吧？我想到，昨天在长长的峡湾里，我没有见到过一座临美景而开发建造的别墅。如果这峡湾在我们的经济发达的东南沿海会是怎样的遭遇呢，还不成了"商业一条湾"？我反省着我们自己。

回到奥斯陆后我把此行之所见告诉一位久居这座城市的朋友。我说："我估算了一下，二百里的峡湾里的瀑布至少有一千道。"朋友笑道："峡湾里的瀑布无法数字化的。你有没有留心山壁处处都是泉水流过的痕迹？如果那天雨水再大些，那些地方也是瀑布。瀑布还要多上两倍呢，至少三千道。"他不等我说话，接着说，"别忘了，你去的只是桑格纳峡湾。挪威西北部海边可是布满峡湾呀。"

于是，现在一想到挪威，第一个冒出来的形象就是由天而降的雪白的瀑布。

精神的殿堂

人死了,便住进一个永久的地方——墓地。生前的亲朋好友,如果对他思之过切,便来到墓地,隔着一层冰冷的墓室的石板"看望"他。扫墓的全是亲人。

然而,世上还有一种墓地属于例外。去到那里的人,非亲非故,全是来自异国他乡的陌生人。有的相距千山万水,有的相隔数代。就像我们,千里迢迢去到法国,当地的朋友问我们想看谁,我们说:卢梭、雨果、巴尔扎克、莫奈、德彪西等一大串名字。

朋友笑着说:"好好,应该,应该!"

他知道去哪里可以找到这些人,于是他先把我们领到先贤祠。

先贤祠就在我们居住的拉丁区。有时走在路上,远远就能看到它颇似伦敦圣保罗教堂的石绿色的圆顶。我一直以为是一座教堂。其实,我猜想得并不错,它最初确是教堂。可是在法国大革命期间,曾用来安葬故去的伟人,因此它就有了荣誉性的纪念意义。到了一八八五年,它被正式确定为安葬已故伟人的处所。从而,这地方就由上帝的天国转变为人间的圣殿。人们再来到这里,便不是聆听神的旨意,而是重温先贤的思想精神来了。

重新改建的建筑的入口处,刻意使用古希腊神庙的样式。宽展的高台阶,一排耸立的石柱,还有被石柱高高举起来的三角形楣饰，庄重肃穆，表达着一种至高无上的历史精神。大维·德安在楣饰上制作的古典主义的浮雕，象征着祖国、历史和自由。上边还有一句话："献给伟人们，祖国感谢他们！"

这句话显示这座建筑的内涵，神圣又崇高，超过了巴黎任何建筑。

我要见的维克多·雨果就在这里。他和所有这里的伟人一样，都安放在地下。因为地下才意味着埋葬。但这里的地下是可以参观与瞻仰的。一条条走道，一间间石室。所有棺木全都摆在非常考究和精致的大理石台子上。雨果与另一位法国的文豪左拉同在一室，一左一右，分列两边。每人的雪白大理石的石棺上面，都放着一片很大的美丽的铜棕榈。

先贤祠

我注意到，展示着他们生平的"说明牌"上，文字不多，表述的内容却自有其独特的角度。比如对于雨果，特别强调由于反对拿破仑政变，坚持自己的政见，遭到迫害，因而到英国与比利时逃亡十九年。一八七〇年回国后，他还拒绝拿破仑三世的特赦。再比如左拉，特意提到他为受到法国军方陷害的犹太血统的军官德雷福斯鸣冤，因而被判徒刑那个重大的挫折。显然，在这里，所注重的不是这些伟人的累累硕果，而是他们非凡的思想历程与个性精神。

比起雨果和左拉，更早地成为这里"居民"的作家是卢梭和伏尔泰。他们是十八世纪的古典主义的巨人，生前都有很高声望，死后葬礼也都惊动一时。一七七八年为伏尔泰送葬的队伍曾在巴黎大街上走了八个小时。卢梭比伏尔泰多活了三十四天。在他死后的第十六年（一七九四年），法兰西共和国举行一个隆重又盛大的仪式，把他迁到先贤祠来。

将卢梭和伏尔泰安葬此处，是一种象征，一种民族精神的象征。这两位作家的文学作品都是思想大于形象。他们的巨大价值，是对法兰西精神和思想方面做出的伟大贡献。在这里的卢梭的生平说明上写道，法兰西的"自由、平等、博爱"就是由他奠定的。

卢梭的棺木很美，雕刻非常精细。正面雕了一扇门，门儿微启，伸出一只手，送出一枝花来。世上如此浪漫的棺木大概唯有卢梭了！再一想，他不是一直在把这样灿烂和芬芳的精神奉献给人类？从生到死，直到今天，再到永远。

于是，我明白了，为什么在先贤祠里，我始终没有找到巴尔扎克、司汤达、莫泊桑和缪塞，也找不到莫奈和德彪西。这里所安放的伟人们所奉献给世界的，不只是一种美，不只是具有永久的欣赏价值的杰出的艺术，而是一种思想和精神。他们是鲁迅式的人物，却不是朱自清。他们都是撑起民族精神大厦的一根根擎天的巨柱，不只是艺术殿堂的栋梁。因此我还明白，法国总统密特朗就任总统时，为什么特意要到这里来拜谒这些民族的先贤。

一九五五年四月二十日居里夫人和皮埃尔的遗骨被移到此处安葬。显然，这样做的缘由，不仅由于他们为人类科学做出的卓越的贡献，更是一种用毕生对磨难的承受来体现的崇高的科学精神。

读着这里每一位伟人的生平，便会知道他们中间没有一个世俗的幸运儿。他们全都是人间的受难者，在烧灼着自身肉体的烈火中去找寻真金般的真理。他们本人就是这种真理的化身。当我感受到他们的遗体就在面前时，我被深深打动着。真正打动人的是一种照亮世界的精神。故而，许多石棺上都堆满鲜花，红黄白紫，芬芳扑鼻。这些花是来自世界各地的人献上的。它们总是新鲜的。有的是一小枝红玫瑰，有的是一大束盛开的百合花。

这里，还有一些"伟人"，并非名人。比如一面墙上雕刻着许多人的姓名。它是两次世界大战中为国捐躯的作家的名单。第一次世界大战共五百六十名，第二次世界大战共一百九十七名。我想，两次大战中的烈士成千上万，为什么这里只是作家？大概法国人一直把作家看作是"个体的思想者"。他们更能够象征一种对个人思想的实践吧！虽然他们的作品不被人所知，他们的精神则被后人镌刻在这民族的圣殿中了。

一位叫作安东尼奥·圣埃克絮佩里的充满勇气的浪漫派诗人也安葬在这里。除去写诗，他还是第一个驾驶飞机飞越大西洋、开辟往非洲航邮路线的功臣。一九四三年他到英国参加戴高乐将军的"自由法国"抵抗运动，一九四四年在地中海的一次空战中不幸牺牲，尸骨落入大海，无处寻觅。但人们把他机上的螺旋桨找到了，放在这里，作为纪念。他生前不是伟人，死后却得到伟人般的待遇。因为，先贤祠所敬奉的是一种无上崇高的纯粹的精神。

对于巴黎，我是个外国人，但我认为，巴黎真正的象征不是埃菲尔铁塔，不是罗浮宫，而是先贤祠。它是巴黎乃至整个法国的灵魂。只有来到先贤祠，我们才会真正触摸到法兰西的民族性，她的气质，她的根本，以及她内在的美。

我还想，先贤祠的"祠"字一定是中国人翻译出来的。祠乃中国人祭拜祖先的地方。人入祠堂，为的是表达对祖先的一种敬意、崇拜、纪念、感谢，还有延续下去并发扬光大的精神。这一切意义，都与法国人这个"先贤祠"的本意极其契合。这译者真是十分的高明。想到这里，转而自问：我们中国人自己的先贤、先烈、先祖的祠堂如今在哪里呢？

家庭的遗产

在巴黎，我和建筑历史学家罗叶关于城市文化问题的交谈，被安排在他的家中。待到了他家，才知道这是一个别具匠心的"设计"。

他的家在位于市中心一座老公寓楼房的顶层。这种阳台上有着精致的铁栏与华丽牛腿的四五层连体式的老楼，是巴黎的特色。推开厚重的大门，照例是大理石包墙铺地的门厅，楼梯旁边一架窄得只能容下一个胖子的小电梯，大都是上世纪六十年代后添加的现代设施——因为老楼里只有这么一点空间可以利用。在我乘着电梯慢悠悠地上升时，忽想这肯定是罗叶先生在现身说法，向我展示巴黎人以怎样值得自豪的方式来保护他们的老楼吧。有时，伟大而高深的理论不如一个生动的范例。更何况这范例就是他本人。

然而，更叫我感兴趣的是，他客厅的陈设与家具差不多全是一八四〇年的老东西。从沙发和茶几到壁炉上的座钟、瓷器、油灯、铜雕，以及墙上的画。他说这幢楼是一八四〇年的，所以他给这客厅配上的东西也是一八四〇年的。他很注意收集这个时代的物品，因为他非常喜欢这个时代的风格。我想，也许他是建筑历史学家，所以更喜欢营造一种历史的空间。我指着墙角一把满是裂痕、很古朴的小椅子说："它可能更古老一些吧？"

罗叶说:"对。这是我家庭的遗产。"他的神气挺得意,也很庄重。

这使我的思维一下子蹦到另一件事上。两年前,我曾到一位年轻朋友的新居祝贺他的乔迁之喜,屋内一切都是崭新放光。我问他原先家中那些老家具呢,尤其是一件大漆彩绘的屏风,古韵盎然,极具神采,给我的印象很深。不想这朋友笑着说:"原先那些旧东西和这新房子不配套,全不要了。你说那屏风呀,没想到竟卖了一万四千块。我这套意大利真皮沙发就是拿那玩意儿换的。"我如挨了一棒,更像是卖了我的宝贝。

事后我写了一篇小文章,发表在青年刊物上,题目是:咱们每个人都保护好一点老祖奶奶用过的东西!

前边所说罗叶的那把小椅子,在欧洲可不是个别和新鲜的例子。欧洲人把遗产看得很重要。"遗产"一词源于拉丁语,意思就是"父亲留下来的"。它有物质(财富)的含义,也有"精神"(财富)的内容。这就像我们家中相册里那些父母乃至祖上的老照片。照片上留下的记忆总是大于照片的本身。它延长着我们的人生,巩固着我们的生命积淀,时时焕发着我们的生活情感,然而不单是照片,其他旧物,也一样是过往岁月年华实实在在的载体。可是,面对着这些陈旧又沉默的遗物,人们往往就缺乏文化的悟性了,甚至纯粹把它们当作了一种物质性的家产,单一地用经济眼光去衡量它的价值。如果它残破了,褪色了,过时了,便把它处理掉。

于是,我们的家庭很少有历史印痕。或者说,虽然我们自豪于自己的数千年的历史文化,在我们每一个人的家庭里却很难见到遗迹。过去由于穷,能卖的早都卖了;现在由于富,赶快弃旧换新。

这里边,有一个对"旧"的思辨。

东西旧了,以旧更新,原是万事万物的规律。这里边还蕴含着发展与进步。然而,在农业文化中,旧的含义便遭到分外的贬低。农业以一年四季为一个生活周期。每每完成这一轮,便进入一次新旧的交替与更迭。生活包括一切企盼与希冀就立即从旧岁跳入新年。对新事物渴望的反面,便是对旧事物的厌弃。所以,每逢春冬之交的年的全部意义,就是除旧和布新。在这种农业文化滋育下,便生成了一种厌旧心理。旧,只是一种过时,一种多余,一种废置——人们总是站在相反的立场来看待旧事物,排斥旧事物,并予抛弃。是不是由于这个缘故,我们家庭的历史就像田地里的庄稼那样年年入秋便连根锄掉,能看见的只是当年的新苗新穗?

其中的关键是我们把遗产过于物质化了。如果只把它当作一种物质,我们就会随心所欲地处置它;如果也把它视为一种珍贵的精神,我们就会永远守卫着它。以它为伴,以它为荣,甚至把它作为生命的并不次要的一部分。

那么家庭之外人们共有的文化遗产——城市历史呢?如果遇到的也是同样的处境,我则找到了我一直所关心的问题的深远的根由。

阅读拓展

趣说散文

冯骥才

一位年轻朋友问我：何谓散文？怎样区分散文与小说和诗歌？

我开玩笑，打比方说：

一个人平平常常走在路上——就像散文。

一个人忽然被推到水里——就成了小说。

一个人给大地弹射到月亮里——那是诗歌。

散文，就是写平常生活中那些最值得写下来的东西。不使劲，不刻意，不矫情，不营造，更无须"绞尽脑汁"。散文最终只是写一点感觉、一点情境、一点滋味罢了。当然这"一点"往往令人深切难忘。

在艺术中，深刻的都不是制造出来的。

散文生发出来时，也挺特别的，也不像小说和诗歌。小说是想出来的，诗歌是蹦出来的；小说是大脑紧张劳作的结果，诗歌却好似根本没用大脑，那些千古绝句，都如天外来客，不期而至地撞上心头。

那么散文呢？

它好像天上的云，不知由何而来，不知何时生成。你的生活，你的心，如同澄澈的蓝天。你一仰头，呵呵，一些散文片断仿佛片片白云，已然浮现出来了。

我喜欢这样说散文：

它是悟出来的。

Ⅱ　　读冯骥才的散文，很容易让人想到他是小说家或画家——相比之下，他那些怀人忆事的作品，小说家的艺术才能要显得更鲜明更突出一些，而那些以写景观、写感受为主的作品，画家的灵气则要更浓厚更强烈一些，显得有姿有态，活喷喷地时有诗的境界呈现。

——周政保：《"心灵渴望表白"的创造——冯骥才散文印象》

Ⅲ　　这真是一篇叙事抒情的好散文，"头"起得"带劲"，这"劲"中有无限的喜乐；"收"得有"味"，这"味"中有深彻的哲理。全文是短小、精炼、细腻而又酣畅。冯骥才的作品我读得多了，长短篇的小说和散文……但都不像这篇《珍珠鸟》这样的光彩照人。

——冰心：《介绍一篇好散文——喜读冯骥才的〈珍珠鸟〉》